JN193227

# ぼくとニケ

片川優子

講談社

# ぼくとニケ

装画　牧野千穂
装丁　坂川朱音

もくじ


第1話 ニケがうちにやってきた！ 4

第2話 ニケ、いきなり改名《かいめい》の危機《きき》 38

第3話 母子バトル、ぼっ発！ 59

第4話 シロ姉《ねえ》とみいちゃんと 90

第5話 またもや、嵐《あらし》の予感 125

第6話 ぼくたちとニケ 158

おまけ 216

## 第1話

# ニケがうちにやってきた！

「ピンポーン」

「げんちゃん」

ぼくが自分の家のチャイムを鳴らすのと同時に仁菜《にな》に後ろから話しかけられたのは、やたらと太陽がまぶしい五月のある日のことだった。

一週間のうち、唯一《ゆいいつ》塾《じゅく》も習いごともない木曜日。クラスメイトの秋吉《あきよし》と信号《しんごう》ごとにじゃんけんして、ランドセルの持ち合いっこをしながらゆっくり帰ったというのに、まだ家にはだれもいなかった。

「なんだよ、留守《るす》かよ」

ぼくは仁菜に話しかけられていることに気がつかずに、家の鍵《かぎ》を探《さが》すため片《かた》っ端《ぱし》からポケットをたたいていた。朝はまちがいなく持って出たはずなのに、いったいどこにいったのだろう。

「ねえ、げんちゃんってば！」

そうやってたたいてたたいて、たたきすぎて後ろを向いてしまったとき、初《はじ》めて真後ろに立つ仁菜の存在《そんざい》が目に入った。

「な、なんだよ」

仁菜がすぐそこに立っていることを知らず、ポケットをたたきまくって鍵を探しているまぬけな姿《すがた》を見られた恥《は》ずかしさから、思ったよりとんがった声が出た。

答えてからはっとして、さっき秋吉と別《わか》れた角を見る。秋吉はうちの三ブロック先にある川の向こうに住んでいる。曲がり角にはもうだれもいなかった。当然《とうぜん》だ、別れた後さっさと家に帰ったのだろう。

ぼくはほっと胸《むね》をなでおろした。お調子者の秋吉に、仁菜と話しているところを見られたら、明日《あした》学校でなにを言われるかわかったもんじゃない。仁菜はいまちょっとした話題の人だから、なおさらだ。

そんなぼくの気持ちなど気にするようすもない仁菜は、小さな段《だん》ボール箱《ばこ》を大事そうに胸《むね》もとに抱《かか》えていた。ランドセルは背負《せお》っていない。T《ティー》シャツにひざ丈《たけ》までのひらひらしたズボンをはいた仁菜は、むかつくことにぼくより少し背が高い。そして髪《かみ》の毛《け》のせいで今日も頭がでかい。

仁菜は幼《おさな》なじみだった。家が同じ地区で、ぼくの母さんと仁菜の母さんの雅《みやび》さんが同級生だということもあり、物心ついたときからお互《たが》いの家を行き来しあっていた。

仁菜がまだ赤ちゃんのときに親が離婚《りこん》したらしく、仁菜の家には父親がいなかった。雅さんは仁菜が生まれる前からずっと看護師《かんごし》として働《はたら》いていたため、昔から仁菜はよくうちでご飯《はん》を食べたりしていた。

でもそんなのも、数年前までの話だ。今日だって、仁菜としゃべるのは久《ひさ》しぶりだった。

「ねえ、真季《まき》さんいる?」

「まだ帰ってないよ」

「そっか……」

仁菜は母さんの不在《ふざい》を聞き、明らかにがっかりしたようにうつむいて、箱の中を見た。

「なに、持ってんの」

なにも言わない仁菜にしびれを切らしたぼくは、仁菜の手の中の小さな段《だん》ボール箱《ばこ》の中を見た。薄汚《うすよご》れたタオルが入っている。よく見ると段ボール箱もあまりきれいとはいえない。

汚れた段ボール箱とタオルを大事そうに抱《かか》えてるなんて、変《へん》、というか、ヤバいやつ。

そう思っていると、そのタオルが突然《とつぜん》ゆれた。

「お、おい、なんか入ってんのかよ」

「うん……」

仁菜はうなずくと、めずらしく優《やさ》しい動きで、そっと段ボール箱を地面に置《お》いた。

おいおいなに勝手に置いてんだ、ここぼくの家の真ん前だぞ、変なもん置くなよ、と心の中でつっこんでいる間に、仁菜は小汚《こぎたな》いタオルを少しだけずらした。

すると中には、これまた薄汚《うすよご》れて灰色《はいいろ》になった子猫《こねこ》が横たわっていた。

「な、なんだ、猫か」

はじめタオルが動いたときは、虫とかネズミとかを想像《そうぞう》したぼくは、少し安心した。カブトムシはギリセーフだが、それ以外《いがい》の虫はダメなのだ。ちっちゃなクモでも、不意《ふい》に発見すると叫《さけ》んでしまう。昔っからなさけないと仁菜にバカにされていた。仁菜だったら、わざと虫を大事そうに連《つ》れてくるぐらいしかねない。

子猫は大人の手のひらくらいのサイズしかなさそうだった。汚れすぎていて、すぐにはどこが顔だかわからないくらいだ。

そうか、猫か。

理解《りかい》すると同時に、嫌《いや》な予感が頭をかすめる。

猫。確《たし》か仁菜の母さんって……。

仁菜はぼくのほうを見ず、熱心《ねっしん》に子猫をのぞきこんでいる。状況説明《じょうきょうせつめい》をする気もなさそうだったので、しかたなくぼくから聞いた。

「拾ったの?」

「うん、公園の端《はし》っこに置《お》いてあって……ほっとけなくて」

うつむいたままの仁菜。ふたつに髪《かみ》を結《むす》んでいる。そのままにしておけばうねうねと広がって爆《ばく》発《はつ》していく天然《てんねん》パーマを、必死《ひっし》になでつけてゴムで結んでいる感じだ。雅さんのさらさらのストレートとは大違《おおちが》いなことを、仁菜がいちばん気にしている。この髪が父親ゆずりなんじゃないかって思ってるみたいだ。

そんな仁菜の後頭部を見ながら、こいつ公園とか行くんだ、と、場違いなことをぼんやりと考えた。

「なんか弱ってるみたいでさ、あんまり動かないんだ」

「ふうん」

なるべく興《きょう》味《み》がなさそうなふりをして、仁菜のななめ後ろから段《だん》ボール箱《ばこ》をのぞきこむ。面倒事《めんどうごと》には巻《ま》きこまれたくなかったが、すぐそこに子猫《こねこ》がいると思うと、さすがに気になる。

子猫は確《たし》かに元気いっぱい、という感じではなかった。ときどき動かしている足はぼくの指くらいの細さしかなかったし、その足だってびしょびしょにぬれているようだ。昨日《きのう》降《ふ》った雨のせいだろうか。

ふと、仁菜のひざに置《お》いた手が目に入る。なぜか爪《つめ》まで真っ黒に汚《よご》れていた。もしかして、公園でひとり泥遊《どろあそ》びでもしていたんだろうか。

いやいや、いくら仁菜とはいえ、まさかな。

そのとき急に、仁菜が顔を上げた。うっかりまともに目が合ってしまう。キラキラした黒い目だった。まっすぐな。

「ね、げんちゃんちで飼《か》ってよ！　げんちゃんち、みんな動物大好《だいす》きじゃん！」

「なんでそうなるんだよ！」

あわてて目をそらしながら、抵抗《ていこう》を試《こころ》みる。

「いいじゃん、げんちゃんち一軒家《いっけんや》だし、猫《ねこ》の一匹《ぴき》くらい飼えるでしょ。それにひなくんのジョウソウキョウイクにもいいって！」

「なんだよそれ！　いま陽向《ひなた》は関係《かんけい》ないだろ！　だいたいあいつに自我《じが》なんかないよ、鼻水こすりつけるくらいがオチだろ」

往生《おうじょう》ぎわの悪い、悪あがきだということはわかっていた。仁菜があのまっすぐな目をしているとき、止めることはできないと知っているからだ。

それでも、この猫《ねこ》を受け取ってはいけないとぼくの中でだれかが告《つ》げる。

こんな死にそうな猫の面倒《めんどう》見るなんて大変《たいへん》だぞ、第一これを受け取ったらせっかく距離《きょり》ができていた仁菜とつながりができちまう。いいのかぼく、本当にいいのか？

「うちのママ、猫ダメだからさ。それに、クウちゃんもいるし」

「……………」

確《たし》かに、仁菜の言うとおり、雅さんは大の猫嫌《ねこぎら》いだった。小さいころ、仁菜の家に遊びに行ったとき、アパートの小さな庭に迷《まよ》いこんできた野良猫《のらねこ》を手なずけようとしたらすごく怒《おこ》られたことがある。

そして仁菜の家には、すでにプードルのクッキーがいる。ちっちゃくて軽くて、ぼくが行くとぷるぷる震《ふる》えて雅さんのもとへ駆《か》けより抱《だ》っこをせがむ、いけ好《す》かない犬だ。

家に来てすぐに足の骨《ほね》を折《お》ったりしたせいで病院通いばかりしているのだと、うちの母さんから聞いたことがある。

「うちだって……飼《か》えるかどうかわかんないし」

半分ホントで、半分ウソだった。近所のショッピングモールに行くたびにまずペットショップに立ちよるのがお決まりのコースになっているくらいには、みんな動物が好《す》きだった。

母さんが犬派《いぬは》、父さんが猫派《ねこは》で意見が割《わ》れているだけで、なにかを飼《か》いたいのは確《たし》かなんだろう。ただ雅さんから、クッキーの骨折《こっせつ》でお金がかかったのを聞いてビビってるんだ。それにショッピングモールのペットショップの犬や猫たちは、笑《わら》っちゃうくらい高額《こうがく》で売られているから手が出せないだけ。

でも、この猫なら。野良猫《のらねこ》を拾うなら、最初《さいしょ》に買うお金はかからない。もしかしたら、母さんもかんたんにオッケーしちゃうかも。

でもでも、だからって……。

「あら、仁菜ちゃん」

ちょうどそのときだった。パートを終えた母さんと、保育園帰《ほいくえんがえ》りの陽向が、手をつないで帰ってきてしまった。

「真季さん！」

仁菜が顔を上げる。きらりと、黒い目がまた輝《かがや》く。

「なに、どうしたの、この猫《ねこ》ちゃん！」

ぼくが心の中であきらめのため息をつくのと、母さんが子猫を見て声をあげたのは、ほぼ同時だった。


十五分後、ぼくたちは動物病院の待合室に座《すわ》っていた。ひとまず家の玄関《げんかん》にランドセルを放り投げ、その足で車に乗って四人で動物病院に向かったというわけだ。

うちではペットを飼《か》ったことがないから、当然《とうぜん》動物病院も初《はじ》めてだった。仁菜に聞いて、クッキーのかかりつけの病院に来たのだ。明るい待合室に、長いすとプラスチックのいすが何個《なんこ》か並《なら》べられている。

病院と聞いて、ぼくはとっさに歯がかゆくなるような嫌《いや》なにおいを想像《そうぞう》したが、動物病院はそんなことはなかった。ただ少し、さっきまでいたやたらブヒブヒと豚《ぶた》みたいな鼻息を立てていたガニ股《また》で重そうな犬のにおいが残《のこ》っている。

受付《うけつけ》でもらった問診票《もんしんひょう》に母さんが記入している間、仁菜は窓《まど》ぎわの長いすに座り、段《だん》ボール箱《ばこ》をしっかりとひざの上で抱《だ》きしめていた。

陽向は仁菜のとなりにおとなしく座《すわ》ってはいるが、ひまそうに鼻をほじっている。なにがジョウソウキョウイクだ。まったく効果《こうか》がなさそうだぞ。

「ちぇっ、なんでこんなことになったんだ」

「なにぶつくさ言ってるの。乗りかかった船って言葉、学校で習わなかった？」

ぼくが仁菜とは少し離《はな》れたいすに座ってぼやいていると、母さんがぴしゃりと言い返してきた。げ、書いてるから聞こえてないと思ったのに。

「あんたってそんな冷《つめ》たい子だったの。かわいそうな猫《ねこ》がいたら放っておけないでしょうに」

なんだよそれ。母さんが助けたいのは、「かわいそうな猫」じゃなくて、「かわいそうな仁菜」なんだろ。

思ったことは、今度は口には出さなかった。

そのうちに、もし学校のやつらにこんなところを見られたらどうしよう、と急に不安《ふあん》になってきて、ぼくはそわそわとあたりを見回した。とりあえず病院内には知った顔はいない、というか小学生の子どもはぼくらくらいしかいない。

でもやたらと窓《まど》が大きいせいで、もしだれかが通りかかって中をのぞいて、ぼくと仁菜がいっしょにいるところを見られたら……と思うと、なおさら仁菜から遠ざかりたくなる。

車で来ちゃったからこの病院がどこらへんにあるのか見当もつかないけど、うちの学校の近くなのかな、ここ。どうなんだろう。

「はい、書けました」

ぼくとしゃべりながらも、問診票《もんしんひょう》を書き終えた母さんは、受付《うけつけ》のお姉さんに渡《わた》した。

問診票には、うちの住所や連絡先《れんらくさき》のほかに、猫《ねこ》について年齢《ねんれい》や種類《しゅるい》などを書く欄《らん》があった。ちらっと見ると、猫についてはほとんど空欄のままだ。

「そんなに空欄ばっかでいいの」

「しょうがないじゃない、わからないんだから」

「猫ちゃんのお名前決まってますか?」

母さんのとなりでカウンターに身を乗りだしていると、お姉さんが笑顔《えがお》で聞いてきた。

「名前？　ああ、まだ、拾ったばっかりなんで」

「そうなんですね。猫《ねこ》ちゃん、今後お飼《か》いになる予定はございますか？」

「あーまあ、そうですねえ」

「まだわからないですかね。ではお掛《か》けになってお待ちください」

母さんも十五分前に猫と会ったばかりだし、父さんともまだ連絡《れんらく》が取れていないので、決められないのだろう。

名前もない猫を動物病院に連《つ》れていくなんて、なんだか変《へん》な話だな。ぼくはそう思ったけれど、お姉さんは慣《な》れっこのようで、あいまいな母さんの返事にもすんなりと納得《なっとく》して、問診票《もんしんひょう》をバインダーにはさんだ。

「そうだ、あわてて病院まで来ちゃったけど、雅に連絡しなきゃよね。仁菜ちゃん連れてきちゃったわけだし」

母さんがはっと気づいて、ガサガサとかばんを探《さぐ》ってスマホを取りだした。仁菜の顔にさっと緊張《きんちょう》が走る。

「真季さん、ちょっと待って！」

「え？」

母さんはスマホを構《かま》えたまま仁菜を振《ふ》り返《かえ》った。

「この子のことは、ママには内緒《ないしょ》にしてほしいの。うちのママ、猫《ねこ》、嫌《きら》いだから……たぶん怒《おこ》ると思う」

「あーそうだっけ？　じゃあ偶然《ぐうぜん》会ってうちに呼《よ》んだことにしちゃおう」

母さんは深く考えず、仁菜の言葉にうなずいた。

「真季さん、ほんとにこの子、飼《か》ってくれる？」

「んん！　そうだね、ほっとけないからね」

母さんは今度は、にこっと笑《わら》って言い切った。さっき受付《うけつけ》のお姉さんにはにごしていたのに、調子がいいな。この子を拾ったのがもしぼくだったら、母さんはこんなにすんなりうなずいただろうか。

「仁菜ちゃんは、それでいいの？」

「うん、うちじゃ飼ってあげられないから」

「そっか」

母さんは仁菜のとなりに座《すわ》り、仁菜の頭を軽くなでた。
ちぇっ、いい人ぶりやがって、と思っていたら、陽向がさっきまで鼻くそをほじってい
た指を母さんのシャツの裾《すそ》でふいた。いいぞ、陽向、なかなかのファインプレーだ。
「陽向！」
「鼻くそばくだんだー」
去年保育園《ほいくえん》に入ったばかりの陽向は、わが弟ながらなにを考えているかわからない宇《う》
宙人《ちゅうじん》のような存在《そんざい》だった。泣《な》いたと思った次の瞬間《しゅんかん》にはテレビを見てけたけた笑《わら》ってい
るし、いい子にしていると思っているときに限《かぎ》って、こんなふうに鼻くそばくだんを仕掛《しか》
けてきたりする。
こんな宇宙人がもうすでに家に一匹《ぴき》いるというのに、なにも考えずに弱った子猫《こねこ》を引き
受けるなんて、母さんはどうするつもりなんだろうか。
「立石《たていし》さん」
母さんが必死《ひっし》にウェットティッシュを探《さが》していると、薄《うす》いブルーの服を着たお姉さんが
奥《おく》からぼくたちの名前を呼《よ》んだ。どうやら看護師《かんごし》さんらしい。

「あい！」

やっぱり動物病院にも看護師《かんごし》さんっているんだなと思っているうちに、勢《いきお》いよく返事をして立ち上がったのはなぜか陽向だった。

先にひとりで走っていってしまいそうな陽向を見て、母さんもあわてて追いかける。仁菜は箱の中の子猫《こねこ》を気づかってゆっくりと立ち上がった。めずらしくしおらしい動きだ。

「では一番の部屋にどうぞ〜」

ふたつ並《なら》んだ診察室《しんさつしつ》のうち、近いほうの部屋が一番だった。

「こんにちは」

部屋には、白衣《はくい》を着た先生が待っていた。先生はたぶん、父さんよりちょっと年上くらい。メガネで、優《やさ》しそうだけど、担任《たんにん》の植松《うえまつ》先生みたいに色白で、「なんとなく胃腸《いちょう》が弱そう」に見えた。ちなみにこの「胃腸が弱そう」っていうのは、母さんの勝手な決めつけなんだけど。

診察室は待合室とはまた違《ちが》った、少し不思議《ふしぎ》なにおいがした。おそるおそるあたりを見回す。

部屋の真ん中には台があって、きっとそこに連《つ》れてきたペットをのせるんだろう。入って右手には机《つくえ》があって、注射器《ちゅうしゃき》や小さな瓶《びん》が並《なら》んでいた。

いちばん後ろからついてきた看護師《かんごし》のお姉さんが入り口の引き戸を閉《し》めると、いよいよだなって感じがした。

「猫《ねこ》ちゃん、お外で拾った子ですか?」

台の奥《おく》に立った先生が、さっき受付《うけつけ》で渡《わた》した紙がはさまれたバインダーを片手《かたて》に、仁菜の手もとの箱を気にしながら聞いてくる。

「そうなんです、公園で見つけたみたいで」

先生の質問《しつもん》に、母さんが答える。行きの車の中で仁菜から聞いた情報《じょうほう》だった。

「おうちで飼《か》われる予定なんですか?」

「あ、はい。そのつもりです」

「じゃあちょっと診《み》せてくださいね。お姉ちゃん、その箱ごと、ここに置《お》いてくれるかな? ゆっくりでいいよ」

仁菜が先生の言葉にうなずいて、神妙《しんみょう》な顔つきで段《だん》ボール箱《ばこ》を台の上に置く。先生はそっと子猫にかかっていたタオルをどけた。

「うーん、ちょっと弱ってるみたいだね」

「あの、助かりますか？」

なぜか母さんもいっしょになって段《だん》ボール箱《ばこ》をのぞきこんでいる。ぐったりした子猫《こねこ》のようすに心配になってきてしまったらしい。バタバタしながらとにかくすぐに病院に向かったので、ろくに子猫のことを見ていなかったのだ。

「体温下がっていそうですね。とりあえず保温《ほおん》しましょう。それから、ちょっとだけ血を採《と》って検査《けんさ》してもいいですか？」

「血採るんですね！　こんなちっちゃいのに、かわいそう」

なぜか母さんが過剰《かじょう》に反応《はんのう》している。その間に陽向がふっと猫に向かって手をのばし、いち早く察知《さっち》した母さんに止められていた。

「どこが悪いかわからないと、先生も猫ちゃん助けてあげられないからね」

「そっかあ、じゃあしょうがないですね。それで助かるなら、お願《ねが》いします」

母さんの言葉を受け、先生が段ボール箱の中からそっと子猫を取りだす。子猫全体を初《はじ》めて見たけれど、思ったより小さかった。先生の手のひらから頭としっぽははみだしているけれど、それもかろうじてだ。

「四百二十グラムですね。どうだろう、生まれてだいたい二、三週間くらいかな。一か月は経《た》ってなさそうですね」

先生が子猫《こねこ》の口を大きく開けて中を見ながら言った。どうして口を見ると年がわかるんだろう。木の年輪《ねんりん》みたいなものがあるのかな。

「なんでわかるの？」

不思議《ふしぎ》に思っていると、仁菜が代わりに先生に聞いてくれた。

「ほら、小さい歯が生え始めているのが見えるでしょ。だいたい一か月過《す》ぎると乳歯《にゅうし》、つまり子どもの歯がちゃんと生えそろってきて、離乳食《りにゅうしょく》とかミルクでふやかしたドライフードが食べられるようになるんだよ。この子はまだ生えかけだから、一か月経ってないのかなって思ってね」

次に先生は、子猫を後ろ向きに持ってしっぽを持ち上げた。

「うん、おそらく女の子ですね。もう少しすればもっとはっきりするけど」

「女の子……」

仁菜は先生の言葉に、うれしそうにつぶやいた。

いったん部屋の外に出ていたお姉さんが戻《もど》ってくると、毛布《もうふ》と、それとは別《べつ》にオレンジ色のものを持っていた。

「それは？」

「これはね、湯たんぽだよ。あったかいやつ。これで猫《ねこ》ちゃんをあっためるからね」

仁菜の問いに答えながら、お姉さんは子猫の下にオレンジ色のものを敷《し》いた。二、三センチの厚《あつ》みがあって、ふかふかしている。

段《だん》ボール箱《ばこ》から出されると、子猫は小さな声で「ニー」と鳴いて足をゆっくり動かした。先生は机《つくえ》の上でなにかを準備《じゅんび》している。

血を採《と》るって言ってたけど、やっぱり注射針《ちゅうしゃばり》を刺《さ》すのかな。こんなにちっちゃい子猫でも、針を刺したらやっぱり痛《いた》いのかな。

「まだ小さくてそんなにたくさん血が採れないので、今日は血糖値《けっとうち》の検査《けんさ》だけしますね。それなら一滴《てき》あれば十分なので」

振《ふ》り返《かえ》った先生は、思ったとおり注射針《ちゅうしゃばり》を持っていた。

「うわあ、痛《いた》そう痛そう」

陽向が素直《すなお》に騒《さわ》ぎ、母さんにまた止められている。仁菜はめずらしくだまって、でも真《しん》剣《けん》な顔でずっと子猫《こねこ》と先生を見ていた。

「ニー！」

「はい、終わりです」

採血《さいけつ》は拍子抜《ひょうしぬ》けするくらいすぐに終わった。先生が前足に針《はり》を刺《さ》し、子猫が一声鳴いて、終わり。手もとの小さい機械《きかい》に、先生が注射針の先から一滴《てき》だけ血をたらす。すぐに機械からピーと音がした。

「うん、やっぱりちょっと血糖値《けっとうち》下がってますね」

機械を見て、先生がうなずく。

「点滴と粉《こな》ミルク用意して」

「はい」

先生がお姉さんに指示《しじ》を出すと、お姉さんは子猫に毛布《もうふ》を掛《か》けて部屋を出ていった。

「あの、大丈夫《だいじょうぶ》なんですか、猫《ねこ》ちゃん」

母さんの言葉に、先生が笑顔《えがお》を見せる。

「体が小さいうちは、ご飯《はん》食べないとすぐに血糖値《けっとうち》が下がっちゃうんです。そうすると体温も維持《いじ》できなくて、どんどん冷《ひ》えていくんですが、幸いこの子はまだそこまで血糖値も下がってないので、温めてご飯をあげれば元気になってくれるはずですよ」

「猫ちゃん、元気になる？」

「うん、きっとね。お姉ちゃんたちがしっかり面倒《めんどう》見てあげれば、じきに元気になるよ」

「そっかあ、よかったあ」

仁菜がほっとため息をついた。こわばっていた肩《かた》が少し下がる。

少しすると、看護師《かんごし》のお姉さんが診察室《しんさつしつ》に帰ってきた。右手に見たことないくらいぶっとい注射器《ちゅうしゃき》、反対の手に小さな銀のお皿を持っている。先生はぶっとい注射器を受け取ると、長いチューブのついた細い針《はり》をつけた。どうやら注射器の中にはすでに液体《えきたい》が入っていたらしい。細い針を、子猫の背中《せなか》に刺《さ》した。

「これは皮下《ひか》点滴《てんてき》といって、猫ちゃんの皮膚《ひふ》とお肉の間のスペースに点滴を入れています。この子はちょっと脱水《だっすい》してるから、足りないお水をここに入れてあげてるんだ」

言いながら先生は、太い注射器《ちゅうしゃき》をぎゅっと押《お》して、中の液体《えきたい》をどんどん子猫《こねこ》の背中《せなか》に入れていく。

皮下点滴《ひかてんてき》、というやつは、あっという間に終わった。子猫の背中がラクダのこぶみたいにぷくっとふくらんだけれど、子猫はそんなに痛《いた》くなさそうだった。もぞもぞと湯たんぽの上で足を動かしている。なんとなく、仁菜が拾ってきてすぐよりも動きがよくなったような気もする。

「へえ、そんなやり方があるんですね。おばあちゃんなんてちょっと元気ないときすぐに点滴しに行ってるけど、半日は帰ってこないわよ」

「人間は血管《けっかん》に直接《ちょくせつ》点滴しますからね。血管に入れる場合は一度にたくさん入れられないので時間がかかりますが、皮下だと一日分の水分を一気に入れられるんですよ。入れた液体は、半日から一日かけてゆっくり吸収《きゅうしゅう》するので問題ありません。もちろん動物でも血管に入れることもありますが、その場合は入院になっちゃいますね」

次に先生は、細長い注射器を取りだした。あれは予防注射《よぼうちゅうしゃ》のときなんかに見たことがあるサイズだ。今度は針《はり》をつけずに、お姉さんが持ってきたお皿の中身を吸《す》っている。

「これは猫《ねこ》ちゃん用《よう》のミルクです。こうやって粉《こな》ミルクを溶《と》かして、注《ちゅう》射器《しゃき》で吸《す》って、口に持っていってあげてください」

そう言うと、先生は子猫の口を開けて注射器を入れ、中のミルクを少しずつ出していった。

「飲んでる……」

仁菜がほっとした声を出す。子猫は、ゆっくりと舌《した》を動かし、ミルクをなめているようだった。そのうちごくんと、ミルクを飲む。

「自分でミルクを飲む元気があれば大丈夫《だいじょうぶ》そうですね。おうちでも、こうやってミルクを飲ませてあげてください」

「大丈夫ですかね。変《へん》なとこに入っちゃったりしませんか」

なおも不安《ふあん》になった母さんが聞く。ちょっと前まで陽向にミルクをあげていたのに、猫が小さいせいか、やたら慎重《しんちょう》になっている。

「猫ちゃんが横になったままの体勢《たいせい》で無理《むり》やり飲ませたりしなければ大丈夫ですよ。こういう小さい猫《ねこ》ちゃん用の哺乳瓶《ほにゅうびん》も探《さが》せば売ってますし。ただ吸《す》う力があれば、ドバッと出しすぎなければお姉ちゃんたちにもあげられるはずだよ」

先生は仁菜とぼくを見ると、にこっと笑《わら》った。胃腸《いちょう》が弱そう、って最初《さいしょ》は思ったけど、よく見るとただ色白なだけで、そんなこともなさそうだ。

「ぼくもー！」

「ぼくはまだちょっと無理《むり》かなあ」

元気よく手を挙《あ》げた陽向に、先生と看護師《かんごし》さんが笑う。きっとぼくたちは三兄弟に見られているんだろうな、とぼんやり思った。

「何回くらい飲ませればいいんですか」

「そうですねえ、弱ってるときは、一日四、五回はあげたほうが安心ですね」

「そんなに！」

ぼくはびっくりして思わず声をあげてしまう。そんなに何回もあげなきゃいけないものなのか。

「まあでも、このくらいの大きさなら、元気になりさえすれば、お皿のミルクを自分でも飲めると思いますよ。歯も生えてきているし、離乳食《りにゅうしょく》も少しずつあげて大丈夫《だいじょうぶ》です」

「こんなに小さいのに、もう食べられるんですか」

「そうですね。あっという間に大きくなりますよ」

先生が笑《わら》う。診察《しんさつ》が終わった後も、母さんはしきりに感心していた。離乳食なにあげればいいのかしら、でもとりあえずミルクね、とブツブツ言っている。

湯たんぽ代わりにもらったお湯を入れたペットボトルの横で、子猫《こねこ》は気持ちよさそうに寝《ね》ていた。さっきはぐったりって感じだったけど、いまはすやすやって感じだ。

受付《うけつけ》で粉《こな》ミルクと、先生が使っていたのと同じサイズの小さな注射器《ちゅうしゃき》を買った。もう少し元気になったら、体を洗《あら》ってあげてもいいらしい。もし虫がいたらまた来てくださいね、と受付まで出てきた先生が言った。

「げ、虫いるのかよ」

「お外の猫ちゃんは、毛にノミがくっついてたり、体の中に虫がいることがあるんだよ。もう少し元気になったら、お薬使って落とそうね」

「ムシキング！」

陽向がなぜかテンションが上がってとつぜん叫《さけ》んで走りだそうとし、母さんにフードをつかまれている。しかし、車に乗るころには虫のことなどすっかり忘《わす》れてしまったらしく、いまさらながら仁菜のひざの上の段《だん》ボール箱《ばこ》をしきりにのぞきこんでいた。

「けっこう遅《おそ》くなっちゃったねー！　ごめんね仁菜ちゃん、大丈夫《だいじょうぶ》かな？　雅からまだ返事ないんだけど」

「うん、まだ仕事中だと思う。今日は夜遅くなるって言ってたから」

「そっか」

運転席《うんてんせき》から母さんがたずねると、仁菜は段ボール箱を大事に抱《かか》えたまま、顔を上げずにそう答えた。

家に帰りつくと、いまにも日が沈《しず》もうとしているところだった。

「いつもご飯《はん》どうしてるの？」

「ママが準備《じゅんび》してくれてるときはあったためて食べるし、ないときはレトルトのカレーとか食べてるよ」

「そうなんだ。今日は準備してあった？」

「ううん、なかった」

おいおい、ちょっと待てよ、なんだかまずいぞ、この流れ。そう思ったときにはすでに母さんはひらめいたときのドヤ顔をしていた。

「じゃあさ、仁菜ちゃん、今日はうちでご飯《はん》食べていきなよ！　雅には連絡《れんらく》しておくから。夜帰るときはちゃんと家まで送るからさ」

「えー、いいの？」

遠慮《えんりょ》しながらもうれしそうな仁菜の声音《こわね》に、少しいらっとする。

「猫《ねこ》ちゃんのこと、心配でしょ？　それに今日は、この子の名前考えなきゃいけないからさ」

相当いい人ぶっている母さんには、少しじゃなくてかなりいらっとする。

「それにさ、私《わたし》が夕飯作る間、猫ちゃんのこと見ててほしいんだ。陽向がなにするかわからないし、玄太《げんた》はあてになんないし」

いいよ、遠慮してるんだからそんなに勧《すす》めることないじゃないか。そう言いたかったが、言って面倒《めんどう》なことになるのも嫌《いや》だった。

「じゃあ……久《ひさ》しぶりに真季さんのご飯《はん》、食べてく！」

「どうぞどうぞ！　うちはさ、こいつもお父さんもいっぱいご飯食べるから、いっつもいーっぱい作るんだ。仁菜ちゃんひとり増《ふ》えたって全然大丈夫《ぜんぜんだいじょうぶ》なんだから気にすることないよ。猫《ねこ》ちゃんも仁菜ちゃんも、お腹《なか》いっぱいになっちゃおう」

母さんはなぜかテンションが上がっていた。車の鍵《かぎ》を閉《し》めると、楽しそうに玄関《げんかん》に向かう。父さんにはいつももやしと白米をメインに食べさせているのに、今日はずいぶん余裕《よゆう》の発言だ。

「よし、そうと決まったらお母さんがんばろっと！」

「おっしゃー！　今夜はカレーだ！」

母さんと手をつないだ陽向が、いっしょになって叫《さけ》ぶ。

「なに言ってんの、カレーじゃないわよ」

すぐに母さんにつっこまれたが、ふたりともテンションが高いまま意気揚々《いきようよう》と玄関のドアを開ける。

子猫が入った段《だん》ボール箱《ばこ》を抱《かか》えた仁菜は、なにも言わずにふたりを追いかける。

ぼくはそんな三人の後《うし》ろ姿《すがた》を見ながら、歩きだせないでいた。

学校来なくても公園には行くし、猫《ねこ》は拾うんだな。

本当は仁菜にそう言ってやりたかった。でもそんなこと言えるはずもなく、ぼくはだまってぎゅっと拳《こぶし》をにぎった。

いい人ぶってる母さんはいらつく。でも仁菜に同じくらい気を遣《つか》っちゃってるぼく自身にも、いらつくんだ。

仁菜は一度も振《ふ》り返《かえ》ることなく、ぼくのうちの玄関《げんかん》の向こうに消えた。


仁菜が学校に来なくなったのは、一か月くらい前からだった。五年生になり、クラス替《が》えがあったのが原因《げんいん》だ、と母さんがだれかと電話で話しているのを聞いたことがあるが、本当の原因はよくわからない。

とにかく、四年生まで元気いっぱいで学校に通っていた仁菜は、五年生になって十日ほどで学校へ行くのをやめてしまった。雅さんはそんな仁菜のことをどう思っているのだろう。仁菜がいつまでも学校に行かないのを見ると、仕事が忙《いそが》しくてそれどころではないのかもしれない。

母さんがご飯《はん》を作っている間も、仁菜はずっと子猫《こねこ》のそばを離《はな》れなかった。動物病院の先生に言われたとおり、せっせと手作り湯たんぽの温度を確《たし》かめて、飲みそうならミルクをあげて。

子猫は仁菜が細い注射器《ちゅうしゃき》にミルクを入れて口もとに持っていくと、顔のわりには大きな口をぱかっと開けた。中からピンクの舌《した》がのぞいている。動物病院では先生がいともかんたんそうに子猫の体を片手《かたて》で持っていたけれど、仁菜の小さな手ではなかなか難《むずか》しそうだった。

そのうちに、さっきより動きがよくなった子猫は、自分で注射器を探《さが》すようなそぶりをしはじめた。まだ目は閉《と》じきっていたけれど、ミルクを探しているような動きだ。仁菜は辛抱強《しんぼうづよ》く何度も子猫にミルクをあげた。

陽向も、最初《さいしょ》のうちはやりたがって手を出そうとしていたが、好《す》きなアニメが始まるとほうけたような顔でテレビの前に陣取《じんど》って動かなくなった。思っていたとおりだ。

「玄太も仁菜ちゃんに聞いて、やり方ちゃんと見ときなさいよ！　明日《あした》からあんたがやるんだから」

「なんでぼくが」

「お母さんはあんたたちの世話で忙《いそが》しいの！」

そうこうしているうちに父さんが帰ってきて、家の中はふたたびてんやわんやの大騒動《おおそうどう》になった。もともと猫派《ねこは》の父さんが子猫を見て興奮《こうふん》し、小屋は、トイレは、とあわてだしたのだ。不器用《ぶきよう》な父さんがうっかり子猫をふまないよう、ぼくは注意して父さんと子猫を見ている必要《ひつよう》があった。

そのころには子猫もよちよち歩きできるくらいに回復《かいふく》していたので、しまいには「ニーニー」と、父さんが騒《さわ》ぐのといっしょになって鳴きだしてしまった。それを見た父さんは、ミルクがほしいんじゃないのか、トイレに行きたいんじゃないか、とさらにあたふたして、母さんに怒《おこ》られていた。

食卓《しょくたく》には、いろんなおかずが並《なら》んだ。ふだんは大きなお皿におかずがひとつと、あってスープかサラダくらいなのに、今日は何種類《なんしゅるい》もおかずが並んでいる。冷凍庫《れいとうこ》の食材《しょくざい》までフル活用した結果《けっか》だろう。きっと明日以降《あしたいこう》は残《のこ》り物《もの》しか出てこないんだろうな。ぼくまでもやしと白米生活になっちゃうかもしれない。まだ育《そだ》ち盛《ざか》りなのに。

仁菜はよく食べた。心底《しんそこ》おいしそうで、うれしそうな顔をしていた。母さんも料理《りょうり》をほめられてうれしそうだった。仁菜は、こんなふうに大人数でご飯《はん》を食べることって、あるんだろうか。

ご飯も食べ終わり、父さんのテンションもやっと落ち着いたころ、名前を決めよう、ということになった。陽向はよくわかっていないくせに戦隊《せんたい》ヒーローのキャラクターの名前がいいとごねるし、父さんは黒っぽいからクロにしようと安直でセンスのない提案《ていあん》をするし、母さんは名前が決まる前から勝手に「タマ」と呼《よ》んでいた。

そして、もう名前なんてどうだっていいんじゃないかと思い始めたころ、仁菜がふとつぶやいた。

「ニケ……」

「ニケ?」

「うん、ニケってどうかな。三毛猫《みけねこ》じゃなくて、二色で二毛だから、ニケ」

「ああ」

言われて、みんなで子猫《こねこ》を見る。子猫は確《たし》かに全体的《ぜんたいてき》に汚《よご》れて灰色《はいいろ》だったが、その灰色にも薄《うす》いところと濃《こ》いところがある。きっと薄いところには白い毛、濃いところには黒い毛が生えているのだろう。

「かわいいじゃない。ニケ。決まりね！」

真っ先にタマ呼《よ》ばわりしていた母さんが仁菜の意見に乗っかり、父さんもデレデレしながら「ニケ、ニケ」と呼びかけた。陽向はこちらの話を気にせず、戦隊《せんたい》ヒーローの変身《へんしん》ポーズをまねしている。仁菜は自分の案《あん》が採用《さいよう》されてうれしそうだ。

リビングに、仁菜と子猫。見慣《みな》れない風景《ふうけい》に戸惑《とまど》うぼくは、うまくその輪《わ》の中に入れず、離《はな》れたところからもじもじと動く子猫を見ていた。

そうして、仁菜が拾ってきた子猫は、ニケと名づけられてうちで暮《く》らし始《はじ》めたんだ。

# 第2話

# ニケ、いきなり改名《かいめい》の危機《きき》

「今日は、ニケをお風呂《ふろ》に入れます！」

「おお〜！」

土曜日、いつもより遅《おそ》い朝食の後に母さんがそう宣言《せんげん》すると、父さんと陽向《ひなた》がそろって声をあげた。なにがおお、なのか。父さんはともかく、陽向はまったく訳《わけ》がわかっていないだろう。

ニケが家に来てから、三日目。結局《けっきょく》仁菜《にな》が帰った後は、ぼくがニケのミルク当番になってしまった。父さんもやりたがったけれど、天才的《てんさいてき》に不器用《ぶきよう》なせいで見ていて怖《こわ》いのだ。ミルクが間違《まちが》って肺《はい》に入ってしまうと、肺炎《はいえん》になって死ぬことだってあるらしい。昨日《きのう》は母さんのパートもなかったので、ぼくが学校に行っている間は母さんが、帰ってからはぼくがミルクをあげた。

注射器《ちゅうしゃき》でミルクを吸《す》って口もとに持っていくと、必死《ひっし》で注射器の先を吸うニケ。よく見ると、ミルクを吸うときに前足に交互《こうご》に力を入れて、地団駄《じだんだ》をふんでいるみたいだ。最《さい》初《しょ》は体勢《たいせい》が苦しいのかと思い、いろいろと工夫《くふう》してみたけれど直らない。よく飲んでいるときほど地団駄をふんでいる。

その謎《なぞ》が解《と》けたのは昨日《きのう》の夜のことだった。父さんが帰宅後《きたくご》ネットで動画を見せてくれたのだが、その中の子猫《こねこ》も地団駄をふんでいた。どうやらこれはお母さんのお腹《なか》を交互にふんで押《お》すことでミルクをもっと出そうとする動きのようで、なかには大人になっても甘《あま》えるときにこうして地団駄をふむ猫もいるらしい。

「『ふみふみ』っていうんだって〜かわいいねえ」

母さんはツボにはまったらしく、ずっとそんなニケの動画を撮《と》っていた。

こまめにミルクをあげて温めているうちにみるみる元気になったニケは、昨日の夜にはもう立って歩き回り、自分でお皿のミルクを飲めるくらいまで回復《かいふく》した。

そしてなんと、目が開いた。どうやら目が汚《よご》れでくっついていただけだったようだ。父さんが蒸《む》しタオルで体をふいていると急に目が開いたらしく、びっくりした父さんに落とされそうになっていた。

目が閉《と》じているときは汚《きたな》くてみすぼらしい猫《ねこ》だな、と思っていたぼくも、目が開いたとたんそうも言っていられなくなった。真っ黒でつぶらな目に見つめられると、仁菜がニケを拾ってしまった気持ちもなんとなくわかる、ような気がしてくるくらいには、ニケはかわいかった。

それでも泥《どろ》で全身真っ黒なことには変《か》わりないので、明日《あした》洗《あら》おう、と決めたのは昨日《きのう》の夕飯後《ゆうはんご》のこと。自分でミルクも飲んでいるし、きっと洗っても大丈夫《だいじょうぶ》なはずだ、というちょっと不安《ふあん》な母さんの判断《はんだん》だった。

「たらいとかに入れたほうがいいのかな」

「そんなものうちにあるの」

「ない」

洗《あら》おう、と決めたものの、猫《ねこ》を洗うのは全員初《はじ》めてだった。どうしていいかわからず、家の中をうろうろと歩き回って使えそうなものを探《さが》す。

「ねえ、これは？　大きさちょうどいいんじゃない？」

「……ダメ」

父さんが台所のシンクの中に置《お》かれた食器洗《しょっきあら》い用《よう》のオケをつかみ、母さんに却下《きゃっか》される。

「車洗うときに父さんバケツ使ってなかったっけ？」

「あるにはあるけど、汚《きたな》くないか？　ワックスとか残《のこ》ってるかもしれないからなあ……それにけっこう深いぞ」

「確《たし》かに……」

百円ショップに行ってなにか買ってくるか、という話でまとまりかけたとき、家のチャイムが鳴った。

「お、助《すけ》っ人《と》登場！　はーい、いま開けるね〜」

急に機嫌《きげん》がよくなった母さんが、ふだんより高い声で返事をしたのち、いそいそと玄関《げんかん》に向かった。嫌《いや》な予感がする、というか、相手はわかりきっていた。

「いらっしゃい！　ほら、あがってあがって！」

「おじゃましまーす！　ニケ、元気？」

リビングに入ってきたのは、仁菜だった。

今日はひざくらいまであるひらひらしたT《ティー》シャツと、ぴったりしたズボンをはいている。髪《かみ》の毛《け》をひとつに結《むす》んでいるけれど、とめているゴムがちぎれないか、ちょっと不安《ふあん》だ。

昨日《きのう》も仁菜は学校を休んでいた。仁菜が学校を休み始めてから一か月あまりが経《た》つ。はじめは女子たちがうわさ話にしているくらいだったのだが、最近《さいきん》になって、ぼくみたいなあんまり女子としゃべらない男子の耳にも、仁菜のあるうわさが届《とど》くようになっていた。

なんでも、副担任《ふくたんにん》の向井田《むかいだ》先生に仁菜が失恋《しつれん》した、というのだ。告白《こくはく》して、振《ふ》られて、ショックのあまり登校拒否《きょひ》になったという。

副担の向井田先生は、「胃腸《いちょう》が弱そう」な担任の植松《うえまつ》先生とは対照的《たいしょうてき》に、よく陽《ひ》に焼《や》

ナが人気者だから、女子たちは、ショックを受けたんだろう。そもそも仁菜がそんなかっこう

けた若《わか》い先生だった。大学を卒業《そつぎょう》したばかりらしい。女子からの人気も高かったから、きっとそんなうわさが立ったんだろうし、みんなそんなうわさを信《しん》じたのだろう。

昔から仁菜を知るぼくは、そんなこと仁菜に限《かぎ》って絶対《ぜったい》ないとわかる。失恋《しつれん》したかどうかはともかく、仁菜はそんなことで登校拒否《きょひ》になるほど繊細《せんさい》なやつじゃない。

でもそのうわさを聞いたところでぼくが否定するのはなんだかおかしな話だし、逆《ぎゃく》にぼくとの変《へん》なうわさが広まってしまっては困《こま》る。だからぼくにできることといえば、女子たちが、さもスクープ、といったようすでそのうわさ話をしているのを、ちょっと離《はな》れた場所で、興味《きょうみ》ないふりをしながらこそっと聞き耳を立てることくらいだった。

仁菜が学校に来さえすれば、こんな変なうわさなんて立たないのに。そもそも仁菜がこのうわさを知っていれば。こんなうわさ話のネタになることをよしとするはずがないし、真っ向から否定してくれるはずなのに。

そんなふうに、ぼくは毎日学校でもやもやしているのに、あの日仁菜は、あまりに自然《しぜん》にぼくの前に現《あらわ》れた。なにもなかったようなふりをして、いつも学校で顔を合わせている仲《なか》のいい友達《ともだち》みたいなテンションで。

「……なにしに来たんだよ」

今日だって、リビングに現《あらわ》れた仁菜は、ふだんどおりだった。あまりにふだんどおりすぎて、仁菜のいない教室でやきもきしてしまった昨日《きのう》の自分がバカらしくなる。

「お、なんだなんだ？　照《て》れてるのか玄太《げんた》」

なにも知らない父さんが、つい険《けわ》しい声を出したぼくを見て冷《ひ》やかしてきた。

「なにしにって、ニケのようす見に来たに決まってるじゃない！」

母さんがかばうように無駄《むだ》に大きな声を出す。

悪気のないなにも知らない父さんと、仁菜をかわいがっていい人ぶりたい母さん。そしてそれにまんまと乗っかってくる仁菜。ああ、最悪《さいあく》だ。

「それに仁菜ちゃんのとこはワンちゃん飼《か》ってるから、お風呂《ふろ》入れるのも慣《な》れてるかと思って」

「うん、クウちゃんのシャンプー持ってきたよ」

「さすが仁菜ちゃん、頼《たよ》りになる！」

仁菜はぼくのことなど気にせず、ごそごそとかばんから手のひらサイズのボトルを取りだした。どうやらペット用のシャンプーらしい。当然《とうぜん》うちにはないものだ。よく考えたら、母さんたちはいったいなにでニケを洗《あら》うつもりだったんだろう。

「うちはいつも洗面所《せんめんじょ》の流しにお湯ためて洗ってるなあ。だいたいトリミング連《つ》れてっちゃうから、家ではたまにしか洗わないけど」

「へえ、トリミング」

その手があったか、といった顔で母さんが仁菜の話を聞いている。ちょっとでも楽しようとしてるんだろう。どうせ高いとか言って行かないくせにさ。だいたい猫《ねこ》って毛を切る必要《ひつよう》ないんじゃないの。

それから母さんは仁菜と洗面所にこもり、ニケを洗い始めた。最初《さいしょ》のうちは手伝《てつだ》おうとしていた父さんは、「陽向を見ていて」と体《てい》よく追《お》い払《はら》われてしまった。不器用《ぶきよう》な父さんが手を出して、ニケをおぼれさせてしまうのが怖《こわ》かったんだろう。

わー、とか、きゃー、とか、シャンプー中とは思えない楽しそうな声が洗面所から聞こえてくる。父さんは陽向といっしょに羊の出てくるアニメを見ながら、うらやましそうにチラチラ洗面所のほうを振《ふ》り返《かえ》っていた。少しでもニケとふれあっていたいらしい。

そのうちに、ドライヤーの風の音が聞こえてきた。さっきまでかすかに聞こえていたニケの鳴き声も、風の音でかき消されてしまう。

あんなに汚《よご》れていたけれど、ちょっと家で洗《あら》ったくらいできれいになるんだろうか、それともニケはずっと灰色《はいいろ》のままなんだろうか、と不安《ふあん》に思っていると、ついに洗面所《せんめんじょ》のドアが開いた。

「みんな、集ー合ー！」

「なんだ、なんだ？」

洗面所から、タオルに包《つつ》まれたニケを抱《だ》いて、ふたりがリビングに戻《もど》ってくる。母さんがうれしそうにぼくらを呼《よ》んだ。

「はいはい、はーい！」

ふだんはまったく言うことを聞かない陽向が、なぜか元気に返事をして、一番にふたりのもとに駆《か》けよる。さっきまで次々と録《と》りためたアニメを見ていたくせに、いつの間に。

ふたりはそっと、ニケ入りのバスタオルをソファの上に置《お》いた。

「ではいまから、洗ってピカピカになったニケちゃんのお披露目会《ひろめかい》をしまーす！　みなさん、準備《じゅんび》はいいですか？」

「なんだよもったいぶって。ただ洗《あら》っただけだろ」

「玄太、静《しず》かに！　じゃあ行くよ～せえの！」

みんなが集まり、タオルの中のニケに注目が集まっていることを確認《かくにん》した母さんは、掛《か》け声《ごえ》とともにタオルを外した。

「あ」

「おお～」

「おお～！」

ぼくと父さんがまず声をあげ、陽向もとりあえずまねしたけれど、きっとなにもわかっていないだろう。

そう、そこにいたのは洗い立てでふわふわの毛を取《と》り戻《もど》した『三毛猫《みけねこ》』だった。

「茶色、あったじゃん」

「そうなの、よく気づいた玄太！　この子、三毛の色味が淡《あわ》くて、汚《よご》れてたからわかんなかったのね！　洗ってったらこんなふわふわの三毛猫になったのよ～」

「え、ああ！　ほんとだ！　三毛猫《みけねこ》だ！」

「みけねこだー！」

案《あん》の定《じょう》気づいていなかった父さんに、またもまねをした陽向が続《つづ》く。

ニケはきょとんとした顔でタオルの中に座《すわ》りこんでいる。洗《あら》ったニケをまじまじと見ると、灰色《はいいろ》だった足の先とあごの下は真っ白、顔周《かおまわ》りや背中《せなか》全体、そしてしっぽは、ところどころ黒が混《ま》じった茶色だった。

「まずい、三毛猫にニケって名前つけちゃったな！　いまからミケにするか？」

「三毛猫にミケってつけるのも安直じゃない？　いまさらだし、ニケのままでいいんじゃないの」

「そうか？　確《たし》かに、言われてみればそうだな」

父さんと母さんがまぬけな会話をしているなか、ニケは小首をかしげてつぶらな目をぱちくりさせていた。

そのうち立ち上がり、タオルの中で少し動き回った後、タオルがいちばん分厚《ぶあつ》いところで例《れい》の「ふみふみ」をしはじめた。

「か、かわいい……」

ぼくが思わずつぶやくと、それを聞いていた仁菜がうれしそうに笑《わら》った。ぼくはちょっとむっとしたけれど、すぐにふみふみをするニケに夢中《むちゅう》になる。

ダメだった。洗《あら》い立《た》てでふわふわでいいにおいをさせながら、一生懸命《いっしょうけんめい》ミルクを求《もと》めてふみふみをするニケに、ぼくはすっかり夢中になってしまったのだった。

結局《けっきょく》ニケは、三毛猫《みけねこ》のミケに改名《かいめい》することはなかった。ノラと飼《か》い猫《ねこ》のハーフかもしれない、と言ったのは仁菜だった。

ググってたらニケみたいな猫の写真見つけたんだ、と仁菜。仁菜は携帯《けいたい》電話を持っていない代わりにタブレットを買《か》い与《あた》えられていて、たいていいつでも持ち歩いている。わからないことがあるとすぐにそれで調べていたし、ニケの写真や動画もたくさん撮《と》りためていた。

仁菜が難《むずか》しい名前の外国の猫を検索《けんさく》し、タブレットを見せてくれた。見ると確《たし》かにそこにはニケに似《に》ていなくもない猫《ねこ》の写真が並《なら》んでいたけれど、まだニケは赤ちゃんだし、あまりピンと来なかった。ぼくはタブレットを壊《こわ》してしまいそうで怖《こわ》かったので、ちょっとのぞきこんで終わりにした。

次の週末《しゅうまつ》にはまた動物病院に行き、念《ねん》のためノミ取りと虫下《むしくだ》しをしてもらった。保護《ほご》した猫ならいちおう「ウイルス検査《けんさ》」ってやつをしたほうがいいみたいだけれど、まだ小さすぎるので、それをするのはあと数か月待ってからのほうがいいそうだ。

野良猫《のらねこ》のなかには、猫エイズや猫白血病といった病気の原因《げんいん》になるウイルスを持っている個体《こたい》がけっこういるらしい。ただもしニケがそれらのウイルスに感染《かんせん》していたとしても、すぐには検査で調べられないのだという。六か月齢《げつれい》になれば避妊《ひにん》ができるから、そのときにいっしょに調べましょう、と先生に言われた。

まずはあと一か月くらい経《た》ったらワクチンを打ちに来てください、と言われ、動物病院を後にした。今日も当然《とうぜん》、仁菜がついてきていた。仁菜はあれからも学校に行かず、平日もうちに来てニケの面倒《めんどう》を見ていた。

といっても、ニケはもう自分でミルクも飲めるし、子猫用のやわらかいキャットフードも食べられる。トイレ用の猫砂《ねこすな》を入れたらちゃんとそこでうんちもおしっこもできていた。「あんたたちよりよっぽどおりこうだし、手がかからない」と言ったのは母さんだ。「ほんと、どんどん大きくなるわねえ。あっという間に大人になって、もう遊んでくれなくなっちゃうんじゃない？」

母さんがリビングのソファに座《すわ》ってせんべいを食べながらそう言ったとき、ぼくはニケと猫じゃらしのようなおもちゃで遊んでいた。

百円ショップで買った、プラスチック製《せい》のかんたんなおもちゃだ。けれど、ニケはそれが大好《だいす》きみたいで、目の前で振《ふ》ってやると必《かなら》ず飛《と》びついてきた。ゆらゆらと揺《ゆ》れるものを追わずにはいられないらしい。

ニケがつかもうとするとおもちゃを遠ざけ、あきらめてどこかへ行こうとすると顔の前で揺らす、という動きを繰《く》り返《かえ》すと、ときどき手をパーの形に大きく開き、爪《つめ》を出しながら猫じゃらしの先っぽに飛びついてくる。ふだんはただただかわいいだけなのに、そういうときは一人前のハンターみたいなとがった表情《ひょうじょう》になる。

「ニケ、ずっとこの大きさで、子猫のまんまだったらいいのになあ」

そのようすをタブレットで動画撮影《さつえい》していた仁菜が言う。

「そうねえ、ちっちゃいままのほうがかわいいかもねえ」

母さんは言いながらせんべいをばりっと噛《か》んだ。仁菜がこの家にいるのが当たり前になりすぎてしまったせいで、遠慮《えんりょ》とか気づかいとかを忘《わす》れているのだ、きっと。今日は父さんが陽向を連《つ》れて出かけているせいで、母さんは朝からリラックスモードだった。

ニケが家に来てから十日くらい経《た》っていた。はじめは大人の手に乗るくらいのサイズだったのに、気がつけばそのころの倍くらいのサイズに成長《せいちょう》していた。足もなんだかめきめきとのび、ずいぶん大きくなったような気がする。

「ほら見て、トイレとの大きさがこんなに違《ちが》う」

仁菜がタブレットに撮《と》りためた写真を母さんに見せている。ニケはまだ拾ってきてすぐに作った段《だん》ボールの空き箱トイレを使っている。ごみ袋《ぶくろ》をぐるっとかぶせたおかげか、ニケがかじりもせずにお行儀《ぎょうぎ》よく使っているせいか、まだ空き箱トイレは健在《けんざい》だった。

「ほんとねえ。あ、そういえば、この前ネットでニケ用のちゃんとしたケージとトイレのセット買ったのよ。そろそろ届《とど》くころだと思うんだけど」

「えーすごい！　ニケきっと喜《よろこ》ぶね」

仁菜がうれしそうに笑《わら》って、ニケをなでる。猫《ねこ》じゃらしに興味《きょうみ》を失《うしな》ったニケは、仁菜の腕《うで》の中でゴロゴロと喉《のど》を鳴らして目を細めた。

そもそも、まだニケにはケージもなく、ちょっと大きめの段《だん》ボール箱《ばこ》が夜の寝床《ねどこ》になっていた。まだ小さいからしばらくはこれで大丈夫《だいじょうぶ》だろうと思っていたのだが、一回、トイレ用段ボールのふちに足をかけ、外に出てしまっていたことがある。母さんが朝リビングのドアを開けたら、ちょこんと目の前に座《すわ》っていたそうだ。これはのんびりしていられないと、その夜父さんと母さんは、ネット通販《つうはん》サイトを熱心《ねっしん》に見ていた。

「ちょっと奮発《ふんぱつ》して、立派《りっぱ》なの買っちゃったんだから！　ニケ気に入ってくれるかなあ」

母さんと仁菜はうきうきとしゃべっている。すると、家のチャイムが鳴った。

「あ、ちょうど届《とど》いたのかな？　はーい」

母さんが立ち上がり、インターフォンのモニターもろくに見ずに玄関《げんかん》に向かった。宅配《たくはい》便《びん》なら家の外にトラックが停《と》まるはずなのに、今日は見えない。不思議《ふしぎ》に思っていると、玄関から母さんの高い声が聞こえた。だれか女の人が訪《たず》ねてきたらしい。

「まずい！」

なにかに気づいたらしい仁菜が、抱《だ》っこしていたニケをぼくに強引《ごういん》に押《お》しつけると、荷物をまとめてリビングのドアへと向かう。しかし、廊下側《ろうかがわ》からリビングのドアが開けられるほうが早かった。

「仁菜」

ドアの外に立っていたのは、仁菜の母親である雅《みやび》さんだった。仁菜のくせっ毛とは正反対の、さらさらの長い髪《かみ》を後ろでまとめ、硬《かた》い表情《ひょうじょう》をしている。

そのとき、ニケがにゃあと小さく鳴いて、ぼくの腕《うで》の中から飛《と》びだした。仁菜のもとへ走っていき、足にすりすりと体をこすりつける。

完全《かんぜん》に、雅さんがニケの存在《そんざい》に気がついた。雅さんは無言《むごん》で息を呑《の》み、すっと一歩下がる。後ろからやってきた母さんが、そのようすを見て、しまった、という表情をしている。

「……猫《ねこ》？」

「違《ちが》うのママ、これには訳《わけ》があって……」

仁菜はリビングの入り口で立《た》ち尽《つ》くした。ニケは気にせずそんな仁菜の足にすりすりし続《つづ》けていたが、やがて雅さんの存在《そんざい》に気づいたらしく、ふと見上げて首をかしげた。

母さんは気を利《き》かせて、雅さんの横をそっとすり抜《ぬ》けてリビングに入ると、ニケをぱっと抱《だ》き上《あ》げた。いまさらそんなことをしたって遅《おそ》いってことは、みんなわかっていたけれど。

雅さんは、大の猫嫌《ねこぎら》いだ。それはみんな知っていた。だから、雅さんにはかくしていたんだ。仁菜がニケを拾ったこと。仁菜がニケに会うために、ちょくちょくうちに来ていること。

「真季《まき》、どういうこと？」

仁王立《におうだ》ちをした雅さんが、次は母さんを鋭《するど》い目で見る。ぼくや陽向が悪いことをして怒《おこ》っているときの母さんの、五倍、いや十倍くらい怖《こわ》い。

「あの、ちょっと前に、仁菜ちゃんがこの子を拾ってきて……その、雅が猫嫌いだから、うちで飼《か》おうって話になって。仁菜ちゃんも気になってうちにこの子を見に来てて……」

ふだんは鬼《おに》みたいな形相でぼくたちを叱《しか》る母さんも、完全《かんぜん》に雅さんにビビっていた。

「そう」

雅さんの言葉は少なかった。それだけに、本気で怒《おこ》っていることが伝《つた》わってきた。

「来なさい、仁菜」

「ママ……」

「あの、ごめんね雅、仁菜ちゃんが言わないでくれって……ああ、それでも、いつか言わなきゃとは思ってたんだけど、うちもこの子が来てからバタバタしっぱなしで……」

「仁菜」

仁菜の肩《かた》が、びくっと震《ふる》える。後ろからでは、仁菜がどんな表情《ひょうじょう》をしているのかはわからなかった。ニケは抱《だ》っこに飽《あ》きたのか、母さんの胸《むね》もとをバリバリと掻《か》きだした。

「早くいらっしゃい!」

雅さんが初《はじ》めて、大きい声を出した。仁菜は小走りで雅さんのもとへ近寄《ちかよ》っていく。

するとそのとき、母さんの腕《うで》の中で暴《あば》れていたニケが、雅さんに対して大きく口を開け、牙《きば》をむきだして「シャー!」と威嚇《いかく》をした。ニケがあんな声を出すところを見たのは初めてだった。

「ニケ！」

母さんが小声でニケをたしなめる。

「雅……」

「あとで連絡《れんらく》するから」

「わかった」

雅さんは仁菜が近寄《ちかよ》ると、さっさと玄関《げんかん》へと向かった。リビングを出ていく仁菜の横顔が、ちらっと見えた。

眉間《みけん》にぎゅっとしわを寄せて、一生懸命《いっしょうけんめい》歯を食いしばって、苦しい気持ちが一ミリたりとも外にあふれていかないようにこらえている、そんな表情《ひょうじょう》だった。

ぼくはそんな仁菜を見るのが初《はじ》めてじゃなかった。仁菜が学校に来なくなった前日も、仁菜はそんな顔をしてひたすら斜《なな》め前《まえ》の地面を見ていた。

ぼくは声をかけられなかった。あの日も、今日も。

仁菜はいま、どんな気持ちなんだろう。

仁菜はあの日、どんな気持ちだったんだろう。

ぱたんと玄関《げんかん》のドアが閉《し》まり、雅さんと仁菜はうちから出ていった。

「ああ、まずいことになったなあ……雅、怒《おこ》っちゃったよね」

母さんがだれに言うともなくつぶやいた。ニケは母さんの腕《うで》の中で、もう一度
「フー！」と玄関に向かって威嚇《いかく》をした。

ぼくは雅さんの怒《いか》りにあてられて、立ち上がることもできなかった。そしてふと、仁菜はもう二度とうちには来られないんじゃないか、そんなことを考えた。

# 第3話

# 母子バトル、ぼっ発！

「ニケ、大きくなったなあ！」

ある週末、そう言って父さんがニケを抱《だ》き上《あ》げると、母さんはため息をついた。

「なんだよ、なんでそこでため息なんだよ」

「だってえ……仁菜《にな》ちゃんも、きっとニケに会いたいだろうなって思って」

あの日、雅《みやび》さんが仁菜を連《つ》れ帰《かえ》った日以来《いらい》、仁菜は一度も家に来ていない。きっと猫嫌《ねこぎら》いの雅さんに止められているんだろう。

母さんはあの日から、ずっと仁菜と雅さんについて気をもんでいる。母さんは何度か雅さんに頼《たの》んだようだが、仁菜が家に来る許《ゆる》しはもらえそうにないようだ。

「そうだよなあ、かわいがってくれてたもんなあ」

ニケは抱《だ》っこを嫌《いや》がり、父さんのひざの上からばっと駆《か》けだした。テーブルの周《まわ》りをぐるっと回ると、台所に駆けていく。

拾ったばかりのころと比《くら》べると、ニケはずいぶんと成長《せいちょう》した。

はじめは弱々しく鳴いてミルクも自分で飲めなかったというのに、いまでは硬《かた》いキャットフードもバリバリと噛《か》んで食べているし、すっかり大人って顔をしてしょっちゅう体じゅう念入《ねんい》りに毛づくろいをしている。そうかと思うと、突然《とつぜん》部屋じゅうを駆け回ったりもする。そんなニケを見ると、なぜか陽向《ひなた》まで興奮《こうふん》しだすから困《こま》る。

しばらくすると急にぴたっと止まるので、その隙《すき》を見て捕《つか》まえようとするのだが、ニケの細長い体はくねくねと動き、たいていいつも手からするっと逃《に》げだしてしまう。するとふたたびニケは走りだし、陽向も騒《さわ》ぐ。騒ぐとニケも興奮してさらに走り回る。捕まえようと必死《ひっし》になって追いかけると、ニケも逃げ回り続《つづ》け、最後《さいご》はぼくとニケ、そして陽向の三人で運動会をしているような感じになってしまう。

「仁菜ちゃん、このケージも見たことないんだよ。ああ、見せてあげたいなあ、せっかく立派《りっぱ》なおうちになったのに」

母さんがニケのケージに手を置《お》きながら嘆《なげ》いている。

仁菜が連《つ》れていかれたすぐ後に、宅配便《たくはいびん》でニケのケージが届《とど》いた。それは母さんの言っていたとおり立派だった。なんせ二階《かい》建《だ》てなのだ。二階に寝床《ねどこ》があり、一階にはトイレやお水、エサを置いてもまだスペースがある。

「セールだったから思わずちょっといいの買っちゃったわよ。猫《ねこ》って高いところで寝たほうが安心するみたいね」

母さんは口ではそうぼやいていたけれど、梱包《こんぽう》を開けるときはちゃっかりうきうきしていた。実は家族のだれよりもニケにデレデレの父さんが、絶対《ぜったい》二階建てがいいと主張《しゅちょう》したそうだ。

実際《じっさい》ニケはだんだんとジャンプ力もついてきたので、段《だん》ボールの家は限界《げんかい》だった。いすをふみ台にすれば食卓《しょくたく》まで登れるようになったせいで、夕食時はケージに入れていないとすぐにいたずらされてしまう。

そういえば昨日《きのう》は初《はじ》めて、爪《つめ》とぎを使っていた。ケージのすぐ横に、段《だん》ボール製《せい》の爪とぎを置《お》いているのだが、置いてからずっと存在《そんざい》を無視《むし》していたのだ。それが昨日は、小首をかしげながらカリカリ触《さわ》っていた。

あれでどれだけ爪がとげているのかはわからないが、だれに教わったわけでもないのに使い方がわかるのは本当に不思議《ふしぎ》だと、母さんがしきりに感心していた。

毎日ニケを見ていると、毎日『初めて』があることに気づく。初めて毛づくろいをした日、初めて抱《だ》っこされながら眠《ねむ》った日、初めてふやかしていないキャットフードをそのまま食べた日、初めて食卓《しょくたく》に登れた日。そして昨日は、初めて爪をといだ日になった。

仁菜は、そんなニケの『初めて』を、もう何個《なんこ》も見逃《みのが》してしまった。もし仁菜がここにいたなら、一個も逃さずタブレットで撮《と》るんだろうし、きっとぼくたちが気づかないようなニケの『初めて』にも気づくんだろう。

ぼくはまだ子どもだけど、ニケの『初めて』が、ニケが大人になってしまったら格段《かくだん》に減《へ》ってしまうだろうことはわかる。陽向を見ていると、そう思うんだ。だからこそ仁菜だって、ニケを見ていたいはずなのだ。いまのニケを。

「そもそもなんで仁菜ちゃんはうちに来ちゃダメなんだ？」

「だから言ったでしょ、雅が大の猫嫌《ねこぎら》いで。その雅にかくしてこそうちで仁菜ちゃんが拾った猫を飼《か》ってたのが逆鱗《げきりん》に触《ふ》れたみたい。あーやっぱり事前に言っておけばよかったかなあ、仁菜ちゃんが止めるから鵜呑《うの》みにして、こっちからは特《とく》に言ってなかったんだよね」

「まあ、そうだなあ……」

「でも雅さん、すごい怒《おこ》ってたから、いつ言っても同じなんじゃない？」

仁菜を連《つ》れ戻《もど》しに来たときの雅さんの剣幕《けんまく》を思い出すと、いまでも怖《こわ》くなる。

「昔っからそうなのよね～。怒り始めるとけっこうしつこくって」

「でも、なんでそんなに怒るんだろうな？　仁菜ちゃんがお母さんにかくれて自分の部屋で猫を飼い始めたならともかく、友達《ともだち》の家で飼ってもらって、その猫を見に行ってただけだろ？　あ、もしかしてアレルギーとか？」

「私《わたし》もそうかと思って仁菜ちゃんに確認《かくにん》したら、違《ちが》うって言ってたのよね。……まあ、でも、パートがない日に昼間から家に入れてたのは私もよくなかったかなあ。普通《ふつう》は学校行く時間だもんね」

母さんは少しばつが悪そうに言った。仁菜が雅さんに怒《おこ》られるまで、仁菜が学校に行っていないこと、そんな仁菜を平日昼間に家に入れていたことを父さんは知らなかった。そしてそれを知った父さんは、母さんを怒った。

そりゃあぼくだって、学校や習いごとに行ってから帰ると仁菜がすでに家にいるのは、がっくりというか、なんというか、腹《はら》が立たないわけじゃなかったけど、父さんがそれを怒るとは思わなかったから、びっくりしたんだ。

母さんは陽向が泣《な》きわめいたり散《ち》らかしたりするたびに怒りまくってるけど、父さんが怒っているところなんてめったに見たことがない。なにがあっても、「しょうがないなあ」と言いながら済《す》ませてしまうんだ。「あなたも怒ってよ！」と母さんに怒られているぐらい、怒らない。当然《とうぜん》ぼくも怒られた記憶《きおく》がない。

だからちゃんと父さんが怒っているのを見たのは、よく考えたらそれが初《はじ》めてだったかも。

「そりゃあそうだけど、そもそも雅さんは学校へ行かない仁菜ちゃんを放っておいたわけだろ？　そこにも問題があるし、猫《ねこ》でいまさらそんなに怒るってのも、なんか納得《なっとく》できないよなあ」

「まあ、雅にもなにか事情《じじょう》があるんだとは思うけど……」

台所を散策《さんさく》してめぼしいものがないと判断《はんだん》したニケが、リビングに戻《もど》ってきた。熱心《ねっしん》に

お菓子《かし》についていたシールを台紙に貼《は》ったりはがしたりしている陽向に近づき、すっとす

ぐとなりに座《すわ》ると毛づくろいを始める。

仁菜が来なくなったせいで、ニケにエサをあげたり、トイレそうじをしているのはぼく

なのに、こういうときニケが近寄《ちかよ》っていくのは不思議《ふしぎ》と陽向のところだった。なんだか納《なっ》

得《とく》できないんだけど。

前に陽向が昼寝《ひるね》をしていると、ニケが横で同じ格好《かっこう》で寝ていたことだってある。そのと

きは、父さんが棚《たな》の奥《おく》からしばらく使っていなかった一眼《いちがん》レフをひっぱりだして撮影会《さつえいかい》を

しはじめたくらい、大騒《おおさわ》ぎになった。

「もうこうなったら、雅に直談判《じかだんぱん》しよう！」

うんうんうなっていた母さんがそう宣言《せんげん》したのと、我関《われかん》せず、といったようすでニケが

大あくびをしたのは、ほぼ同時だった。ニケが大きな口を開けると、細くて意外と鋭《するど》い歯がのぞいた。

「仁菜ちゃんに、ニケのこと見てもらいたいもんね！」

「おお、それがいいな。ニケもどんどん大きくなってるし」

父さんもすぐに同意する。父さんはあのときの雅さんを見てないからそう言えるんだ。それにしても、あんなに怒《おこ》っていた雅さんと対決するなんて、母さん度胸《どきょう》あるな。そう他人《ひと》ごとのように思っていたぼくは、母さんの次の一言でのんびりしていられなくなった。

「そうよね、早くしないとニケ、大人になっちゃうわよね！　ふてぶてしいデブ猫《ねこ》になっちゃう前に、仁菜ちゃんとたっぷり遊んでもらおう！　というわけで、玄太《げんた》、行ってらっしゃい」

「ええ、ぼく？」

「そうよ！　私《わたし》はもう雅と話しつくしたから、ここは子どもが頼《たの》んだほうが丸く収《おさ》まるのよ」

「なんだよそれ、母さんずるくない？」

いきなり露骨《ろこつ》に大人の事情《じじょう》をちらつかせた母さんを責《せ》める。父さんをちらっと見ると、またもや棚《たな》の奥《おく》からカメラをひっぱりだして、陽向の横でうとうとするニケを写真に収《おさ》めようとしているところだった。中途半端《ちゅうとはんぱ》に賛同《さんどう》したり、無視《むし》したり、まったく頼《たよ》りにならない。

「ずるいとかずるくないとかいう話じゃないから、これは。あんたちっちゃいころ放っておいても勝手に雅の家に行ってたじゃない！」

「あのころとはもう違《ちが》うだろ。それに雅さん、すごい怒《おこ》ってたし」

「だから行くんでしょうよ。きっとクッキーもあんたに会いたがってるわよ〜」

ついに母さんはプードルのクッキーまで持ちだし、よくわからない理屈《りくつ》をこねだした。

学校で最近《さいきん》ディベート練習ってやつが始まったけど、こんなわけわかんないこと言うやつクラスにもいないよ、まったく。

「そんなわけない、あんなぷるぷる震《ふる》えてる犬」

「あ、そういう言い方していいんだー！　いまの聞いたら雅もっと怒るわよ、クッキーのこと異様《いよう》にかわいがってるから」

「母さんこそ、いまの聞かれたら怒《おこ》られるぞ」

「まああまああ、いいからいいから！　ほら、そうと決めたら善《ぜん》は急げだ！　行ってらっしゃい、いますぐ」

「だからなんでだよ！　せめていっしょに」

「あらなあに、小学五年生にもなってお母さんといっしょがいいの？　かわいい子ねえ」

「だからそういうんじゃなくって！」

「じゃあひとりで行くのね」

「なんだよそれ！」

結局最後《けっきょくさいご》は、ぼくが折《お》れた。半ば強引《ごういん》に家を追いだされたぼくは、何年かぶりに仁菜の家へと向かって歩く。あんなに怒《おこ》っていた雅さんのもとにひとりで乗《の》りこんでいくのは正直怖《こわ》い。でも結局ぼくが折れたのは、母さんの一言が原因《げんいん》だったように思う。

「じゃあ玄太は、この先ずっと仁菜ちゃんがニケに会えなくてもいいのね？」

そこで、どうだっていいよ、と言い切っていたならたぶん、母さんもあそこまで強引に押《お》さなかっただろう。ぼくは最後まで、その一言が言えなかった。

仁菜にも、ニケの『初《はじ》めて』を見せてあげたい。ぼくだって、そう思っているんだ。

「ピンポーン」

昔はよく押《お》していたチャイムを、あのころと比《くら》べ物《もの》にならないほど緊張《きんちょう》しながら鳴らした。

仁菜の家は、よくいっしょに帰っている秋吉《あきよし》の家がある川側《かわがわ》とは反対の、小学校方面へ一ブロック行った先にある。もうすぐ保育園《ほいくえん》に通《かよ》い始《はじ》める、というタイミングで建《た》った新《しん》築《ちく》のアパートに、仁菜たちが引《ひ》っ越《こ》してきたのだ。

うちはおじいちゃんが昔住んでいたという、夏暑くて冬寒い、古くてぼろい家だから、仁菜のきれいな家がうらやましかった。トイレに入ると自動で電気がついて、ふたが勝手に開いたのを見たときの驚《おどろ》きはまだ覚《おぼ》えている。だから、母さんに「仁菜ちゃんと仲《なか》よくしてあげてね」なんて言われなくてもきっと、仁菜の家に入《い》り浸《びた》っていただろうと思うんだ。

「ピンポーン」

仁菜の家からは、だれも出てこなかった。ぼくはもう一度、チャイムを鳴らす。

いつからだろう。仁菜の家に行かなくなったのは。仁菜もうちに来なくなったのは。

低学年《ていがくねん》までは女子と仲《なか》よくするのなんてなにも考えなかった。雅さんの仕事が夜もときどき働《はたら》かなきゃいけないシフト制《せい》で、たまに朝まで帰ってこられないこともあり、仁菜もよくうちに夕飯《ゆうはん》を食べに来ていた。

でも次第《しだい》に仁菜も成長《せいちょう》して自分でご飯《はん》の準備《じゅんび》をできるようになり、ぼくも女子と仲よくする気恥《きは》ずかしさもあり、だんだんと、距離《きょり》が開いていった。

だから急に仁菜が学校に来なくなったときも、気軽に聞けなくなっていたんだ。「なんで学校来ないの?」って。近所でクッキーの散歩中《さんぽちゅう》のふたりに会っても、雅さんと母さんはしゃべるけど、ぼくはなんとなく仁菜と目も合わせられなかった。

そのうち学校では仁菜が変《へん》なうわさになりだして、しかもそのうわさにどんどん尾《お》ひれがついて、ぼくは勝手に気まずくなっていった。

そんなぼくを、仁菜はどう思ったかな。ニケを拾い、ぼくを頼《たよ》ってきたとき、仁菜はどんな気持ちだったのかな。

「あら、玄太くん」

玄関先《げんかんさき》でうじうじ考えていると、後ろから声をかけられた。

「キャンキャンキャン！」

すぐに甲高《かんだか》い犬の鳴き声も聞こえる。間違《まちが》えるわけがない、これはクッキーの鳴き声だ。雅さんや仁菜が近くにいると威勢《いせい》よく吠《ほ》えてくるくせに、ひとりにされると怖《こわ》くてぷるぷる震《ふる》える、ザ・内弁慶《うちべんけい》の犬。ちなみにうちではクッキーのことを勝手にウチベンケンという不名誉《ふめいよ》なあだ名で呼《よ》んでいる。つけたのはもちろん母さんだ。

振《ふ》り返《かえ》ると、思ったとおりクッキーを連《つ》れた雅さんが立っていた。さらさらの髪《かみ》が風にゆれる。雅さんはちょっとおしゃれなT《ティー》シャツにジーパンというシンプルな服装《ふくそう》だったけど、足がすらっと長いからかっこよく決まっている。背《せ》もちっちゃくて下半身デブの母さんが同じ服を着たら、ただの悲劇《ひげき》が起こるだろう。

クッキーは吠えるのはやめたけれど、口は半開きのままぼくを見て警戒《けいかい》していた。仁菜の姿《すがた》はない。

「あ、仁菜に用事？　ごめん、だれもいないときはチャイム鳴っても出なくていいって言ってあるから」

雅さんが急いでポケットから鍵《かぎ》を取りだす。ぼくはあわてて雅さんを止めた。

「あ、違《ちが》うんです、今日は雅さんに話があって……」

仁菜を連《つ》れ帰《かえ》ったときの雅さんの剣幕《けんまく》を思い出し、逃《に》げだしたくなる気持ちをこらえて、なんとかそう言った。

「私《わたし》に？　……もしかして、猫《ねこ》のこと？」

ぼくはうなずいた。雅さんは小さく息を吐《は》く。そんな雅さんの雰囲気《ふんいき》を察《さっ》したのかなんなのか知らないが、またクッキーが吠《ほ》え始《はじ》める。

「一度、ちゃんと会って遊んでみませんか。ニケ……うちの猫、そりゃあまだ子どもで、いたずらするし走り回るしたまにひっかいてくるし、くそって思うこともあります。でも、子どもだから毎日成長《せいちょう》するし、このままじゃあっという間に大人になっちゃうから……」

雅さんの表情《ひょうじょう》はわからない。ぼくは怖《こわ》くて顔があげられなかった。吠えてくるクッキーばかりがやたらと視界《しかい》に入ってくる。

「だから？」

「……見せたいんです、大人になる前に……」

これが、母さんから授《さず》かった作戦《さくせん》だった。

『雅だってニケのかわいさを見たら、行っちゃダメなんて言えなくなるわよ！　こないだはバタバタしててニケのことあんまりよく見てなかったし、冷静《れいせい》になってちゃんとゆっくり遊んだら、どんな猫嫌《ねこぎら》いだってメロメロになるに決まってる！』

そんなにうまくいくとは思えないけれど、少なくとももう少し雅さんにもニケのことを知ってほしい。なにも知らずに、仁菜に「会いに行っちゃダメ」なんて、言ってほしくない。

雅さんは少しの間、だまっていた。鳴きやんだクッキーはぼくと雅さんの顔を見比《みくら》べて首をかしげている。ふだんはおバカなくせに、こんなときばっかり空気を読んで、静《しず》かにしているクッキーがうらめしい。

ぼくは走って逃《に》げだしたいくらいの気まずさを感じていた。やっぱり母さんのずさんな作戦じゃダメだったのか。それともぼくのディベート力のなさだろうか。

ぼくがあれこれ考えていると、ぽつりと、雅さんがつぶやいた。

「……知ってるよ、子猫がかわいいのは……」

「え？」

聞きまちがいかと思った。まさか雅さんの口から、猫《ねこ》がかわいいだなんて言葉が飛《と》びだすなんて。

「玄太くんは優《やさ》しいね。しょうがないな、じゃあちょっと中に入って。仁菜も呼《よ》んで、話をするから」

「……はい……」

なんだかよくわからないまま、ぼくは家に招《まね》き入《い》れられた。思い出したようにぼくを威《い》嚇《かく》して吠《ほ》えるクッキーと雅さんの後ろをついて、玄関《げんかん》の敷居《しきい》をまたぐ。

これは、オッケーってことなのだろうか？　よくわからない。

「仁菜を呼んでくるから、そこに座《すわ》っててちょっと待っててね」

リビングに通されると、ぼくはその場にクッキーとふたりで残《のこ》された。正確《せいかく》には、クッキーは雅さんについていこうとしたけれど、置《お》いていかれてしまったのだ。

リビングのドアが閉《し》まったとたん、すぐに自分のベッドに走って帰り、ぼくと距離《きょり》をとったくせにぷるぷる震《ふる》えている。雅さんが近くにいるときはあんなに強気で吠《ほ》えているのに、さすがウチベンケンだ。

「絶対《ぜったい》いや！」

そのとき、廊下《ろうか》から仁菜の声が聞こえてきた。どうやら仁菜は部屋に閉《と》じこもっているらしい。

きっと仁菜もニケに会いに行くのを禁《きん》じられて、相当怒《おこ》っているのだろう。仁菜も「怒り始めるとけっこうしつこい」。なかなかの似《に》たもの親子《おやこ》だ。

少しすると、雅さんがむすっとした仁菜を連《つ》れてリビングに戻《もど》ってきた。クッキーがすぐに走《はし》り寄《よ》り、雅さんの足もとにじゃれつく。間違《まちが》えてふんづけて、また骨《ほね》が折《お》れちゃうんじゃないかと心配になるレベルだ。

仁菜の髪《かみ》はいつにもまして爆発《ばくはつ》していた。お風呂《ふろ》にも入らず、髪をとかすのも放棄《ほうき》して、一生懸命意思《いっしょうけんめいいし》表示《ひょうじ》していたんだろうか。頭の大きさがふだんの三倍くらいある。

「げんちゃん！」

ぶすっとしながらうつむいていた仁菜は、テーブルに座《すわ》るときになって初《はじ》めて、向かいに座《すわ》るぼくに気がついた。

「なんでここにいるの？」

「なんでって……」

「仁菜のこと心配で来てくれたのよ」

なんでもなにもないだろう、とぼくが言葉につまっていると、雅さんがさらっとそう言った。

「別《べつ》に、心配ってわけじゃ……ただニケが、どんどん大きくなるから……」

もやもやした思いが、言葉にならない。さっきはなんとか、雅さんには言えたけど、仁菜に会ったらなにを言おうかなんて、考えてこなかった。母さんともそこまでの作戦《さくせん》は立てていない。

「玄太くんはね、仁菜に子猫《こねこ》を見せてあげたいんだって」

「なによ！　ママが行っちゃダメって言ったくせに！」

なんの前触《まえぶ》れもなく、仁菜のかんしゃく玉がはじけた。テーブルをだんだんとたたく。

ぼくはどうしていいかわからず、ただ座《すわ》っていることしかできなかった。ちらっとクッキーを見ると、また自分のベッドに戻《もど》ってぷるぷる震《ふる》えている。

なんだかいまは端《はし》っこで震えているだけのクッキーが少しだけうらやましく思える。そして、クッキーが仁菜よりも雅さんになついている理由がなんとなくわかった気がした。

「聞きなさい、仁菜。今日は、どうしてママが行っちゃダメって言ったか、ちゃんと話すから」

「どうせママが猫嫌《ねこぎら》いだからなんでしょ？　そんなの聞いたって無駄《むだ》だよ！」

仁菜はいまにも泣《な》きだしそうな顔で、雅さんから顔を背《そむ》けている。

あの日も、仁菜はこんな顔をしていた。

まだ低学年《ていがくねん》のころ、アパートの庭に迷《まよ》いこんできた野良猫《のらねこ》を、仁菜とふたりで餌付《えづ》けしようとして、雅さんに怒《おこ》られたあの日。

確《たし》か、白黒の猫だった。黒い部分の毛に白い毛がちらほらと交じっていたから、けっこう年を取っていたのかもしれない。片方《かたほう》の目が目ヤニでべたべたしていて、ときどきくしゃみをしては鼻水を飛《と》ばしていた。仁菜とふたりで、きっと風邪《かぜ》をひいているんだと話したのを覚《おぼ》えている。

暖《あたた》かいところで、おいしいものを食べさせてあげればきっと風邪も治《なお》るよ、そう仁菜が言って、クッキーのドッグフードを持ってきた。ふたりで野良猫《のらねこ》の鼻先にドッグフードを投げると、一粒《ひとつぶ》食べてくれた。それがうれしくて、もう一粒、もう一粒と投げていると、雅さんが帰ってきたのだった。

そのときも雅さんは、すごい剣幕《けんまく》で怒《おこ》った。そしてぼくたちにすぐに手を洗《あら》ってくるように言うと、ぴしゃりと窓《まど》を閉《し》めてしまった。その音が大きかったからか、野良猫は驚《おどろ》いてどこかへ行ってしまった。

その翌日以降《よくじついこう》も白黒の野良猫がまたやってこないか仁菜といっしょに待ったけれど、猫が庭に現《あらわ》れることはなかった。

ママは猫が嫌《きら》いなんだ。そう言った仁菜。あのときも、いまと同じように涙《なみだ》を必死《ひっし》にこらえるかのように目のふちをじんわりと赤く染《そ》め、ぐっと口を閉《と》じ、ほっぺを真っ赤にしていた。

泣《な》かないでよ、とあのときのぼくは言った。きっとどこかのうちでいまごろおいしいご飯《はん》をもらってるはずだから、とも。だからここには来ないいんだと。

ぼくは十歳《さい》になった仁菜を見つめる。同じく十歳になったいまのぼくには、仁菜にかける言葉が思いつかない。仁菜もきっとぼくにそんなものを求《もと》めてはいないだろう。仁菜の爆発《ばくはつ》した天然《てんねん》パーマは、周《まわ》りのものすべてを拒絶《きょぜつ》しているように見えた。

「……ママは猫《ねこ》が嫌《きら》いなわけじゃないわよ」

沈黙《ちんもく》を破《やぶ》ったのは、雅さんだった。

仁菜は静《しず》かにぎろっと雅さんをにらむ。大人の言うことなんて信《しん》じるもんか、といった顔つきだった。

ぼくはいままで、母さんにも父さんにも、そんなに怒《いか》りを感じたことはない。そりゃあ、大好《だいす》きなアニメが始まった瞬間《しゅんかん》に陽向が大声で泣《な》きだして、テレビの音が全然《ぜんぜん》聞こえなくなってしまうようなときは陽向にイラッとするし、どつきたくもなるけど、でもこんなに激《はげ》しい怒りじゃなかった。仁菜の燃《も》え盛《さか》る炎《ほのお》のような怒りは、どこからわいて出てくるんだろう。

「ウソばっかり！」

案《あん》の定《じょう》、仁菜は雅さんの言葉をはねつけた。話を聞かずに席《せき》を立とうとする。

仁菜たちの親子げんかに巻《ま》きこまれてしまったぼくは、正直とっても気まずかった。テーブルの隅《すみ》っこでだまりこみ、なるべくじゃましないように小さくなるしかない。

うちだって、しょっちゅう陽向がいたずらをしたり言うことを聞かなかったりして、母さんがどなりつけている。ぼくだって、陽向ほどじゃないけれどたまに怒《おこ》られることもある。

でもそれって、こんな感じじゃない。こんなふうに、真っ向から母親に立ち向かっていくなんていうけんかにはならない。

だからなおさら、ぼくにはどうしていいかわからなかった。

「ママも昔ね、仁菜と同じように猫《ねこ》を拾ってきたことがあるの」

雅さんは静《しず》かに話し始めた。雅さんがなにを考えているのかはよくわからない。仁菜はそんな雅さんを、ぐりぐりの髪《かみ》の毛《け》の下からギラギラと光る目でにらみつけている。かんたんには納得《なっとく》しないぞ、という強い意志《いし》を感じる。

「仁菜よりもうちょっと小さいときだったかな。ママの妹、楓《かえで》おばさんといっしょに遊んでるときに見つけて、餌付《えづ》けしたらなついちゃって、どうしても放っておけなくて、連《つ》れて帰ってふたりで泣《な》いて頼《たの》んで飼《か》わせてもらったの。白黒の、きれいな猫だった」

白黒の猫《ねこ》。ぼくはまたドッグフードで手なずけようとした野良猫《のらねこ》を思い出した。もしかしたら雅さんは、あの猫を見ながら昔を思い出していたのかな。

「そのころは猫の飼い方なんてわからないし、病院に連《つ》れていくという発想もなかった。天気がいい日は外に出たがったから、適当《てきとう》に外にも出してた。そしたらある日、子どもを産《う》んだの」

「赤ちゃん……」

仁菜がはっと息を呑《の》み、にらみつけていた目つきがふとゆらぐ。

「小さくて、でもお母さんそっくりで、すごくかわいかった。だからみんな大事に育てた。そうすると不思議《ふしぎ》と、周《まわ》りの人も捨《す》て猫《ねこ》を見つけるとうちの前に置《お》いていくようになって、かわいそうだからお世話をしているうちに、気がつけばうちの猫は十匹《ぴき》を超《こ》えてた」

「十匹！」

今度はぼくが抑《おさ》えきれずに声をあげてしまった。

十四なんて、想像《そうぞう》ができない。ニケ一匹にだって家族じゅうが振《ふ》り回《まわ》されているっていうのに！

「そのうちに、最初《さいしょ》に拾ってきた子が、どんどんやせてきたの。気がついたときには半分くらいの体重になってて、そこで初《はじ》めて病院に連《つ》れていったら、腎臓《じんぞう》が悪くなってた」

腎臓病は、猫《ねこ》によくある病気なのだと、雅さんは説明《せつめい》してくれた。

腎臓は、体の左右にひとつずつあるそら豆形の臓器《ぞうき》で、体の中の水のバランスを調整している。たとえて言うなら水槽《すいそう》のろ過器《かき》みたいなもので、悪いものを外にくみだしたりしているんだそうだ。ぼくら人間の体にもあるし、犬や猫の体にもあって、同じように働《はたら》いている。

猫は、高齢《こうれい》になってくると、その腎臓が壊《こわ》れてしまう病気になることが多いのだと、雅さんは言った。ろ過器が壊れてしまうと、体の水の調節《ちょうせつ》がうまくできなくて体がからからに乾《かわ》いてしまうし、悪いものはそのまま体にたまってしまう。

「腎臓は、一度悪くなるともう治《なお》らないんだって。点滴《てんてき》をしに毎日病院に来てくださいって言われた。そしたら、病院からの帰り道、おばあちゃんに言われたの。うちには毎日この子を病院に連《つ》れていくだけのお金がないって」

「じゃあ……じゃあどうなっちゃったのその猫《ねこ》ちゃん！」

仁菜はいても立ってもいられない、といったようすで雅さんに聞いた。

「最初《さいしょ》の一週間は、病院からもらったお薬を飲ませて、それだけ」

三か月後、その猫は亡《な》くなったのだと雅さんは淡々《たんたん》と話してくれた。最後はご飯《はん》も食べず、がりがりにやせ細ってしまったけれど、どうすることもできなかったのだと。体がどんどん冷《ひ》えていき、最後にニャアと、それまでの弱り具合からは考えられないくらい大きな声で鳴いて、息を引き取ったのだそうだ。

さすがに仁菜も、口をはさまず、静《しず》かに雅さんの話を聞いていた。見たことのない、雅さんが拾った白黒の猫のことを考える。

「それでね、ふと気づいたの。あと十匹以上《ぴきいじょう》いるって」

もし残《のこ》りの猫たちが具合が悪くなったとしても、救《すく》ってあげることはできない。そう考えた雅さんは、中学生ながら猫たちのもらい手探《さが》しを始めたのだという。

ぼくは、雅さんの気持ちがわかるような、わからないような、宙《ちゅう》ぶらりんの気持ちのまま雅さんの話を聞いていた。

確《たし》かに病気になったとき、なにもしてあげられないのはつらい。でも大好《だいす》きな猫《ねこ》たちと元気なままお別《わか》れするのもつらいんじゃないかな。

「高校生になってバイトができるようになったら、全部猫のためにお金を使ったわ。病院に行ってちゃんと不妊手術《ふにんしゅじゅつ》をしてもらって、病気になっても治《なお》してあげられるようにお金もためて。でも結局《けっきょく》、大学に入って家を出て、ひとり暮《ぐ》らしをして実家にもめったに帰らない間に、最後《さいご》の子もおしっこが詰《つ》まる病気で亡《な》くなってしまった。そのとき決めたの、もう責任《せきにん》が取れない命を飼《か》うのはやめようって」

今度は、家で遊んでいるはずのニケのことを考えた。仁菜が家に連《つ》れてきて、飼うことになった子猫。

考えてみれば、ニケはこの後もずっと生きるんだ。ぼくや仁菜が中学生になって、高校生になって、それより大きくなっても、ニケは生きている。幸い父さんも母さんもニケにメロメロだから、面倒《めんどう》を見てくれなくなるってことは考えにくいけど、でもそんな先のことまで、考えたことがなかった。

スピスピと、静《しず》かにクッキーが鼻を鳴らした。

「クウちゃんは、どうなの」

仁菜が、長い長い沈黙《ちんもく》を破《やぶ》った。いつの間にか目じりの赤みも取れ、少し落ち着いたように見える。

クッキーは、大きくなっても買い手が見つからず、ペットショップで売《う》れ残《のこ》っていたのだそうだ。毛があまり生えそろわず、ちょっとみすぼらしかったらしい。仁菜がそんなクッキーを見つけて、飼《か》いたいと泣《な》いて騒《さわ》いだという話も聞いたことがある。

「仁菜がどう思ってるかはわからないけど、クウちゃんはなにがあってもしっかり責任《せきにん》を持って面倒《めんどう》を見ようと思ってるよ、ママは」

クッキーは長いことペットショップの狭《せま》い空間で暮《く》らしていたせいで骨《ほね》が弱かったのか、家に来て数日で、自分で飛《と》び乗《の》ったソファから飛《と》び降《お》りて骨折《こっせつ》したそうだ。

前に母さんが、骨折の治療《ちりょう》に相当お金がかかったらしい、と話していたのを思い出す。手術《しゅじゅつ》のために、ちょっと遠い大きな病院までわざわざ行ったそうだ。そのおかげで、いまでは問題なく飛んだり跳《は》ねたり走ったりしている。

「かわいそうだからっていっても、なんでもかんでもはお世話できないの。だからあの子《こ》猫《ねこ》のこともダメって言ったの。クウちゃんのお世話もちゃんとできない仁菜に、責任《せきにん》を持って生き物を飼《か》うことはできないと思って」

仁菜がぐっと口を横一文字に引《ひ》き結《むす》ぶ。

「生き物を飼うってね、小さいときや飼い始めのものめずらしいときだけかわいがるんじゃダメなのよ。その子を一生責任持って育てられる自信《じしん》がなければ、いたずらに手を出しちゃダメ。ママはそう思うな」

仁菜はなにも言い返せなかった。もちろんぼくも。そこで話し合いは終わった。

「ごめんね玄太くん、わざわざ来てくれたのに」

リビングのテーブルの前から一歩も動こうとしない仁菜の代わりに、雅さんが玄関《げんかん》まで送ってくれた。

「いえ、あの、すいません」

「こちらこそ、この前はごめんね。子猫ちゃん見て、いろいろ思い出してついかっとなっちゃって。真季《まき》にも今度ちゃんと話しておくね」

「ニケです、子猫《こねこ》の名前……最初《さいしょ》、三毛猫じゃなくて二毛猫だと思ったから、ニケ。洗《あら》ったら、三色だったんですけど」

返事をする代わりに、言った。ニケはもう、ニケなんだ。どこにでもいる子猫じゃなくて、うちの猫、ニケ。それを雅さんにわかってほしかった。

「それ、もしかして仁菜がつけた？」

ぼくがうなずくと、雅さんはちょっとうれしそうに微笑《ほほえ》んだ。

「ニナとニケなんて、姉妹《しまい》みたいね」

独《ひと》り言《ごと》みたいに小さい声で、雅さんはそうつぶやいた。

「しょっちゅううちに来ては、熱心《ねっしん》にニケの世話してました。……責任《せきにん》、感じてたんだと思うけど」

「そっか。……こんなこと、玄太くんに頼《たの》むのもなんだけど、ニケちゃん、責任持ってかわいがってあげてね」

ぼくはうなずいた。最初《さいしょ》はなし崩《くず》しで飼《か》うことになってしまったけど、でもいまではニケはもう立派《りっぱ》な家族の一員だから。ぼくのかわいい妹だ。

ニケにはできる限《かぎ》りのことをしてあげよう、と思っていた。ニケが大人になっても、ずっとニケの面倒《めんどう》を見続《みつづ》ける。きっとそれが、「責任」ってやつなんだろう。

ぼくは来た道を、とぼとぼと歩いて帰った。うちまでのわずかな道のりが、長いような、短いような。少し前まで、仁菜はこの道を何往復《なんおうふく》もしてニケに会いに来ていたのだと思うと、よけいに苦しくなる。

家に帰ると、ばあちゃんちから帰ってきた陽向が、ついにニケのトイレ砂《すな》の存在《そんざい》に気づいてしまい、砂遊びよろしくリビングじゅうに猫砂《ねこすな》をぶちまけて母さんに切れられているところだった。

テンションが上がったニケは部屋の中を駆《か》け回《まわ》り、父さんはそんなニケを捕《つか》まえようと部屋を走り回ってテレビの前のローテーブルにぶつかり、上に置《お》いてあったポップコーンをぶちまける。すかさず陽向とニケが床《ゆか》に落ちたポップコーンを狙《ねら》い始《はじ》め、さらにてんやわんやの大騒動《おおそうどう》になってしまった。

ぼくはだまってリビングの猫砂をかたづけるべく、そうじ機《き》を取りに行った。さっきまでの、仁菜の家の、クッキーが鼻をスピスピ鳴らす音まで聞こえる静《しず》けさとは対極《たいきょく》にある。いったいなんなんだろう、この騒《さわ》がしさは。まったく、雅さんの話の余韻《よいん》に浸《ひた》るひまもない。

階段下《かいだんした》の物置《ものおき》から、そうじ機《き》を取りだす。廊下《ろうか》はリビングよりも少しは静《しず》かだ。ぼくが生まれたときからずっと同じ、古びたそうじ機をひっぱりながら、ふとぼくは思った。

仁菜は、いったいいつまで学校を休むつもりなんだろう。そして雅さんは、いったいいつまで仁菜に学校を休ませるつもりなのかな。

# 第4話

# シロ姉《ねえ》とみいちゃんと

その次の週末《しゅうまつ》、だれかと電話で話していた母さんが、手招《てまね》きしてぼくを呼《よ》んだ。いすに座《すわ》る母さんに近づく。

「出かける準備《じゅんび》しなさい」

せっかく近寄《ちかよ》ったのに、その一言だけで、今度は逆《ぎゃく》にしっしっとぼくを追《お》い払《はら》うような手つきだ。

出かける準備って言ったって、いったいどこへ行くんだ。陽向《ひなた》といっしょにぼくまでばあちゃんちに押《お》しつけられちゃうんだろうか。

「準備《じゅんび》できたの？」

「このままでいい」

「お財布《さいふ》は持った？」

「ない。お金ない」

お財布を持ったところで、中身がなかった。最近《さいきん》塾《じゅく》帰《がえ》りにアイスを買い食いするのがはやっていて、毎回買っていたらあっという間にお小遣《こづか》いがなくなってしまったのだ。

すると母さんは、しぶしぶといったようすでかばんをごそごそとあさり、自分の財布を取りだした。まだ次のお小遣いがもらえる日は先のはずなのに、どうやらお金をくれるつもりらしい。父さんだっていつも母さんの「ゲンセイな審査《しんさ》」ってやつに通らず、なかなかお金がもらえなくて困《こま》っているのに、今日の母さんはやけに太《ふと》っ腹《ぱら》だ。

「はい、じゃあこれ渡《わた》しとくから、持っていきなさい」

「え、千円！　ラッキー」

「言っとくけど、今日使わなかったら返してよ、特別《とくべつ》資金《しきん》なんだから」

「ちぇっ」

どうやら行き先はばあちゃんちではなさそうだ。ばあちゃんちに行くときに、お金を持っていけなんて言われたことがない。

「もう、迷惑《めいわく》かけないでよね。なにか買ってくれたら、このお金出すのよ」

「うん、わかったけど、どこ行くの」

「雅《みやび》の妹さんのところだって」

「ええ？　なんで」

この前の話に出てきた、いっしょに猫《ねこ》を拾ったっていう妹のことなんだろう。確《たし》か、楓《かえで》さんっていったっけ。でも、どうして。

「すぐ迎《むか》えに来てくれるらしいから」

母さんが言い終わらないうちに、玄関《げんかん》のチャイムが鳴った。母さんにせかされながら外に出ると、小さな丸っこい車が玄関先に停《と》まっていた。確か、ビートルとかいう外国の車だ。なんと、ドアがふたつしかついていないのだ。

自慢《じまん》じゃないがぼくは、小学二年生までに日本の車を全部覚《おぼ》えた。ほんとは車マニアの秋吉《あきよし》に徹底的《てっていてき》に仕込《しこ》まれただけなんだけど。なのに見たことがなかったから、雅さんに前に教えてもらったのだ。

「玄太《げんた》のことよろしくね」

「こっちこそ急にごめんね。じゃあ、お預《あず》かりします」

訳《わけ》がわからないまま、倒《たお》された助手席《じょしゅせき》の横から、ビートルの後部座席《ざせき》に乗りこむ。

「玄太、吐《は》きそうになったらすぐに雅に言うのよ。くれぐれもシート汚《よご》さないように。あと鼻くそほじった手でシート触《さわ》っちゃダメだからね！」

「そんなことするわけないだろ！」

恥《は》ずかしい注意事項《じこう》を並《なら》べ立《た》てる母さんから逃《に》げるように、あわてて助手席を立てて陰《かげ》に隠《かく》れる。だいたい鼻くそをほじった指をそこらじゅうにこすりつけているのは陽向だし、酔《よ》って車の中に吐いたのだって過去《かこ》に一回しかないぞ。それをいまだに言ってくるなんて。

きっと陽向も、この先何十年も鼻くそのことを言《い》われ続《つづ》けるんだろうな、かわいそうなやつ。

「真季《まき》ってほんと学生時代から変《か》わらないわね。悪気はないけど一言多い」

運転席《うんてんせき》に座《すわ》ってシートベルトを締《し》めながら、雅さんが笑《わら》う。まさしくそのとおりだ！　とぼくは激《はげ》しく同意したかったけれど、母さんがまだ横で笑って手を振《ふ》っていたからやめておいた。ドアは閉まっているけれど、こういうときに限《かぎ》って母さんに聞こえているんだ、不思議《ふしぎ》と。

「急に誘《さそ》っちゃってごめんね、玄太くん。仁菜《にな》もおばさんの家に行くのは初《はじ》めてよね」

「うん」

雅さんがギアをドライブに入れながら問いかけると、仁菜が首を縦《たて》に振った。なめらかに車が動きだす。助手席のヘッドレストの横から、仁菜のくせ毛が収《おさ》まりきらずに飛《と》びだしていた。

「この前は言わなかったんだけど、おばさん、保護猫《ほごねこ》のボランティアをしてるの。捨《す》てられていたり、保健所《ほけんじょ》に連《つ》れてこられた猫たちを引き取ってお世話してるみたい」

「そうなの？　じゃあ家に猫ちゃんたくさんいるの？」

「そのときによるって言ってたけど。私《わたし》もくわしくは知らないんだけど、いまは二匹預《ひきあず》かってるみたいよ」

ビートルは何度か角を曲がって、ぼくの知らない大通りに出た。そのままぐんぐんスピードを上げる。

小さい車なのに、けっこうスムーズに加速《かそく》するみたいだ。母さんの乗っている軽自動車とはパワーが違《ちが》う。軽はスピードを出すと、とたんにエンジンが苦しそうにうんうんうなる。

「仁菜とはね、クウちゃんのお世話もしっかりやって、今日おばさんのところに行って話聞いたら、ニケちゃんに会いに行っていいって約束《やくそく》してるの」

「そうなんですか」

雅さんと、バックミラー越《ご》しに目が合った。

「仁菜、この一週間約束どおりクウちゃんのお世話したんだもんね。毎日お散歩《さんぽ》行って、ペットシーツもかえたんだよね」

「別《べつ》に、そんなの当たり前だもん」

仁菜は助手席《じょしゅせき》でつんと澄《す》ましているようだ。

「またお騒《さわ》がせすることになっちゃうけど、よろしくね玄太くん」

「騒《さわ》いだりなんてしないもん。ちゃんとニケのお世話するんだから」

そうか、また仁菜がうちに来るようになるのか。きっと仁菜は大きくなったニケにびっくりして、タブレットでバシバシ写真を撮《と》りまくるに決まってる。ニケはそんな仁菜にどういう態度《たいど》を取るのかな。仁菜のこと忘《わす》れてたりして。

想像《そうぞう》すると、なんだか楽しい。仁菜がうちに来始めたころは、なんだよこいつって思ったこともあったけど、いまは単純《たんじゅん》に、ニケの成長《せいちょう》をいっしょに見守れるのがうれしい。やっぱりこれも、ニケを拾った責任《せきにん》ってやつなのかな。

それから三十分くらい走り、細い道を曲がったところでビートルは停《と》まった。着いたのは普通《ふつう》のマンションだった。オレンジのタイルが貼《は》られている。保護《ほご》活動っていうもんだから、勝手に秘密組織《ひみつそしき》のアジトみたいなものを想像していたぼくは、拍子抜《ひょうしぬ》けしてしまった。

雅さんはマンションのエントランス前にビートルを横付《よこづ》けして車を降《お》りると、迷《まよ》いのない足取りでエントランスに入り、エレベーターの前を素通《すどお》りしてその奥《おく》の階段《かいだん》を上り、二階へと向かった。廊下《ろうか》を曲がり、角の部屋のチャイムを鳴らすと、はいはい、とくぐもった声がインターフォン越《ご》しに聞こえ、ドアが開いた。

中から出てきた女の人は、雅さんとはあまり似《に》ていないように思えた。雅さんよりやわらかい雰囲気《ふんいき》の人だった。服もゆったりとして、ふわふわした素材《そざい》でできている。身長も、たぶん母さんと同じくらいだ。肩《かた》につくかつかないかくらいの長さの髪《かみ》は、仁菜よりはゆるいけれど、ふわふわのウェーブがかかっていた。

「いらっしゃい！　仁菜ちゃん、久《ひさ》しぶりー」

「おばさん、こんにちは」

仁菜がぺこりと頭を下げたので、ぼくもあわてて会釈《えしゃく》をする。

「君が玄太くんだね！　よろしくね」

楓さんは、にこっと笑《わら》うと、笑いじわが目立った。優《やさ》しい人なのだということが、クリッとした目と目じりににじんでいる。

「じゃあ、ふたりのことよろしく」

雅さんは中には入らず、そう言って一歩下がった。仁菜が不安《ふあん》げに振《ふ》り返《かえ》る。

「ママは？」

「今日はあなたたちだけで、楓とゆっくり話しなさい。近くの喫茶店《きっさてん》にいるから、連絡《れんらく》くれればすぐに来るね」

「全部ひとりで決めちゃうの、相変《あいか》わらずね」

「そう?」

楓さんは、カツカツとかかとを鳴らしながら去っていく雅さんの後《うし》ろ姿《すがた》を見送りながらため息をついたけれど、それ以上《いじょう》はなにも言わなかった。

「さ、ふたりとも上がって。そんなに広い家じゃないけど」

楓さんはぱっと笑顔《えがお》になり、ぼくたちそれぞれにスリッパを出してくれた。靴《くつ》を脱《ぬ》いで、スリッパにはきかえる。家ではいつも裸足《はだし》だから、スリッパのかかとがパカパカ脱げる感じが慣《な》れない。

それに、ほぼ見知らぬ女の人の家に上がるのは、なんだか緊張《きんちょう》した。楓さんのマンションは、うちとも、雅さんの家とも違《ちが》うにおいがする。猫《ねこ》がいるはずなのに、玄関《げんかん》には全然《ぜんぜん》そんな気配がなくて、ほのかに花のにおいがした。ちなみにうちのトイレもやたら押《お》しつけがましいフローラルなにおいがするけれど、その花のにおいとは全然違う。

廊下《ろうか》の右手に台所があり、左手には小さな冷蔵庫《れいぞうこ》があった。廊下に台所があるなんて、なんだか変《へん》だ。うちの台所と比《くら》べると小さくて、そして圧倒的《あっとうてき》にものが少ない。まあ、うちの台所がごみごみしているのは、父さんがたまにしか料理《りょうり》しないくせに、すぐにフライパンだの鍋《なべ》だのを買いたがるせいなんだろうけど。

行き止まりのドアを開けた先には、リビングがあった。小さなテレビと、ソファと低《ひく》いテーブルがひとつ。それに、物置《ものおき》と本棚《ほんだな》を兼《か》ねたふたつ並《なら》んだラック。この部屋もあまりものが多くない。

「猫《ねこ》ちゃんは？」

仁菜がきょろきょろとあたりを見回しながら楓さんに聞いた。

「もう一個《こ》のお部屋にいるよ。初《はじ》めての人は怖《こわ》がることがあるからね」

楓さんがにこっと笑《わら》う。

「そっちが、猫ちゃんのお部屋なの？」

「そうだね。留守《るす》にするときはこっちの部屋にいてもらってる。私《わたし》が家にいるときは、基《き》本的《ほんてき》には自由にさせてるけど」

言いながら、楓さんはリビングの右手のドアのノブに手をかける。となりで仁菜が少し緊張《きんちょう》しているのがわかった。ぼくもこっそりと、つばを飲みこむ。保護猫《ほごねこ》って、いったいどんな猫なんだろう。

前に庭に現《あらわ》れた、白黒の猫が頭をよぎる。鼻も目もぐちゃぐちゃで、風邪《かぜ》をひいて苦しそうだった大きな猫。あんな猫が、このドアの向こうにいるのかな。それとも、ニケみたいな子猫だろうか？

カチャリと小さな音がして、ドアが開いた。

「うわ！」

思わず声をあげたのは、ぼくだった。ぼくの右足のすぐ横をすり抜《ぬ》けて、茶色い物体が部屋の外に転《ころ》がり出てきたからだ。

あわてて振《ふ》り返《かえ》ると、茶色いかたまりは、ソファの下に急いでかくれたところだった。

「いまのがみいちゃん。まだ若《わか》い女の子で、臆病《おくびょう》だけどやんちゃなの」

言いながら、楓さんが部屋の電気をつけると、薄暗《うすぐら》い部屋がぱっと明るくなった。

「わっ、こっちにも！」

今度は、仁菜。部屋の真ん中に、真っ白い猫《ねこ》が座《すわ》っていたのだ。いきなり明るくなったので、少しまぶしそうに黒目を縦《たて》に細めている。瞳《ひとみ》が金に近い明るい黄色だから、黒目が目立つんだ。

「この子はシロ子《こ》。あんまり似《に》てないけど、みいちゃんと姉妹《しまい》らしくて、ふだんはシロ姉《ねえ》って呼《よ》んでるんだ」

シロ姉は初《はじ》めて見るぼくたちにも動じることなく、部屋のど真ん中で大口を開けてあくびをすると、立ち上がりながらう〜んと思い切り前後の足をのばした。

立ち上がると、シロ姉はかなりニケより大きいことがわかる。顔も体長もニケの二倍くらいある。

それからふと動きを止め、なんの用だ、とばかりにぼくたちをじっと見つめた。よくよく見ると、完全《かんぜん》な真っ白ではなく、鼻の横と腰《こし》のあたりが少しだけうす茶に色づいている。

「この子たちが家に来てもうすぐ一か月ぐらいになるけど、シロ姉はずっとこんな感じ。落ち着いてるよね。ね、シロ姉」

楓さんが部屋に入ると、シロ姉がゆっくりと楓さんの足もとに近づいてきた。足音ひとつ立てない。楓さんがそっとおでこをなでると、気持ちよさそうに目を細める。その顔はニケがなでられて気持ちよさそうにしている顔によく似《に》ていた。

ぼくたちも部屋に入り、おそるおそるシロ姉に手をのばす。シロ姉はぼくたちがなでても、気持ちよさそうにしていた。なつっこい猫《ねこ》のようだ。

ここは本当に猫のための部屋だった。壁《かべ》ぎわには二階《かいだ》建ての大きな猫のケージがふたつ並《なら》んでいる。猫用のトイレも、この部屋だけで三個《こ》も置《お》いてあった。反対の壁ぎわにはキャットタワーがあり、天井《てんじょう》近くには猫が歩けるような渡《わた》り廊下《ろうか》のようなものがあった。

「あの上、歩くんですか？」

「そうだね、歩く子もいるし、歩かない子もいるよ。みいちゃんはけっこう好《す》きかな。シロ姉はキャットタワーも二段目《だんめ》までしか登らない」

「へえ……」

その渡り廊下は、キャットウォーク、というらしい。楓さんが材料《ざいりょう》を買ってきてわざわざ壁に取りつけたのだという。

「高いところにいるだけで落ち着く子もいるからね。でもときどき上に逃《に》げられちゃって困《こま》ることもあるよ」

ニケをこの部屋に連《つ》れてきたらどうなるだろう、と無意識《むいしき》のうちに考えていた。たぶん最初《さいしょ》はにおいをかいで、警戒《けいかい》して、でもそのうち駆《か》け回《まわ》って遊ぶんだろうな。

最近は台所の流し台までジャンプで一気に上がれるようになってしまって、母さんがときどき悲鳴をあげている。こういう遊び場が別《べつ》にあったら、台所にいたずらしに行かなくなるのかも。

「あっちの部屋で座《すわ》ってしゃべろっか。いちおうお菓子《かし》も用意したんだよ」

楓さんがそう言ってリビングに移動《いどう》すると、シロ姉が、やはり足音ひとつ立てずについてきた。ニケはいつも小走りで走っているせいか、肉球とフローリングがふれあい、テコテコとなんだかまぬけな足音がする。物音ひとつ立てず、真っ白なしっぽをゆっくり左右に振《ふ》りながら堂々《どうどう》と歩くシロ姉は、まさに姉さんって感じがした。

楓さんが飲み物を用意してくれている間、ぼくはソファに座りじっとだまって待った。仁菜もだまってはいたが、部屋じゅうをきょろきょろ見回している。

すると、ソファの下からそっと、茶色いかたまりが顔をのぞかせた。

「あ!」

仁菜がうれしそうな声を出したとたん、かたまりはさっとまたソファの下に戻《もど》っていってしまう。みいちゃんは、シロ姉と比《くら》べるとかなり警戒心《けいかいしん》が強いようだ。

楓さんはお盆《ぼん》にジュースとクッキーをのせて戻《もど》ってきた。シロ姉は楓さんの足もとにくっついて歩いていたが、楓さんがローテーブルのわきにひざをつくと、部屋の隅《すみ》に行ってごろんと寝転《ねころ》がり、ふうん、と鼻息を吐《は》いた。

「全然違《ぜんぜんちが》うでしょ、二匹《ひき》とも。こんなに違うとおもしろいよね」

ジュースをぼくたちの前に置《お》いた楓さんは、そう言って笑《わら》った。

「猫《ねこ》ちゃん、拾ったんだって?」

「うん、ニケっていうの」

みいちゃんの姿《すがた》をどうにか見ようと、ソファの下をのぞきこんでいた仁菜が、楓さんに向き直り、ぱっと笑顔《えがお》になる。かばんの中からタブレットを取りだし、アルバムを開くと、そこには少し前のニケがたくさん写っていた。

「へえ、パステルミケなんだ! 野良《のら》にしてはめずらしいねえ」

タブレットを受け取った楓さんが、目を細めながらていねいに写真を見ていく。

毎日見ていたからよくわからなかったが、こうして見ると、いまのニケはこのころより大人っぽくなったような気がする。横長だった顔が、ちょっとだけ縦長《たてなが》になったような、微妙《びみょう》な変化《へんか》だけど。

「確《たし》かに、こんなかわいい子見つけちゃったらほっとけないねえ」

「そうでしょそうでしょ！　おばさんもそう思うよね？」

楓さんがうなずくと、仁菜は勢《いきお》いよくおばさんの肩《かた》に手を乗せてぴょんぴょん飛《と》び跳《は》ねた。よっぽど味方がほしかったのだろう。

楓さんはじっくりと一枚《まい》一枚写真を見ながら、目じりのしわを深くした。そうしている間に、ソファの下からそっとみいちゃんが鼻先を出した。仁菜と楓さんは写真に夢中《むちゅう》で気づいていない。

ゆっくりみいちゃんの鼻先に手をのばすと、みいちゃんはさらにソファの下から出て、ぼくの手にそっと鼻を近づけた。ちょん、とかすかに触《ふ》れたみいちゃんの鼻は、ニケより濃《こ》いピンク色をしており、少しだけしめっていた。

「ママ、怒《おこ》っちゃったんだって？」

「そう！　どうせ怒られると思って、最初《さいしょ》からうちで飼《か》うのはあきらめて、げんちゃんちで飼ってもらうことにしたんだけど、バレてむちゃくちゃ怒られた。もうニケに会いに行っちゃダメって言われたけど、今週はずっとクウちゃんのお世話したから、行っていいことになったんだよ！」

仁菜は味方してもらえてよっぽどうれしかったのか、息つく間も惜《お》しいくらいの早口で一気に楓さんにそう説明《せつめい》した。

「そうだねえ、ママは仁菜ちゃんに、ちゃんとニケちゃんと向き合ってほしかったんだろうねえ」

楓さんは、仁菜とは正反対に、じっくり言葉を選《えら》ぶように、テーブルの上のカップに手をのばしながら、ゆっくりとそう言って、中身を一口飲んだ。

ある程度《ていど》の事情《じじょう》はきっと雅さんから聞いていたんだろうな、とぼくは思う。じゃなきゃいまの説明ですんなり事情がわかるはずがない。

楓さんのマグカップには、ぼくたちのガラスのコップのオレンジジュースとは違《ちが》う、真っ黒い液体《えきたい》が入っていた。においから、きっとコーヒーなんだろうな、と思う。

ドリンクバーで、たまにコーヒーにチャレンジしたくなって取ったりもするけど、どれだけガムシロップとミルクを入れても、途中《とちゅう》で嫌《いや》になっていつも最後《さいご》まで飲みきれない。そのたびに母さんに怒《おこ》られ、父さんが飲んでくれるんだ。

それを、真っ黒なままで、しかもホットで飲むなんて、やっぱり楓さんも大人なんだと、ぼくはひそかにビビっていた。

「仁菜ちゃんと玄太くんは、うちで飼《か》われてる猫《ねこ》のこと、ママからなにか聞いてる？」

仁菜が首を横に振《ふ》る。当然《とうぜん》ぼくも知らなかった。保護猫《ほごねこ》、ってことは聞いたけど、それって具体的《ぐたいてき》にどういうことなのか、全然わからない。

現《げん》に、ここにいる二匹《ひき》の猫は、ぼんやりと抱《いだ》いていた保護猫ってやつのイメージとは、全然違《ちが》った。目も鼻もつるぴかできれいで、堂々《どうどう》としてたり怖《こわ》がりだったり性格《せいかく》の違いはあるけど、かんたんに言っちゃうと、野良猫《のらねこ》って感じがまったくしない。

「保健所《ほけんじょ》に連《つ》れていかれちゃった子とか、野良猫を保護してるって聞いただけ」

「そうだね。そういう子たちもいるけど、いまここにいるシロ姉とみいちゃんは、もともとは同じ家で暮《く》らしてたんだ」

「だれかに飼《か》われてたの？」

仁菜が驚《おどろ》いて目を見開く。逆《ぎゃく》にぼくは、妙《みょう》に納得《なっとく》した。だから野良猫《のらねこ》っぽくなかったのか。

「そう。でもその家でどんどん増《ふ》えちゃって、飼いきれなくなって……それで、保健所《ほけんじょ》に連《つ》れていかれそうだったところを、保護団体《ほごだんたい》が保護したの」

「じゃあおばさんは保護団体の人なの？」

「ううん、私《わたし》は保護団体に預《あず》かりボランティアの登録《とうろく》をしてるんだ」

「預かりボランティア？」

仁菜が楓さんの言葉を繰《く》り返《かえ》す。その前の話で、ぼくは引っかかっていることがあった。家でどんどん猫が増えて、って話、最近《さいきん》どこかで聞いたばかりじゃないか？

「預かりボランティアっていうのは、保護団体が保護した犬猫を、新しい飼い主さんが見つかるまで預かるボランティアのことなの」

「じゃあじゃあ、この子たちにいつか新しい飼い主が決まったら、さよならしなきゃいけないってこと？」

仁菜が突如《とつじょ》大きい声を出すと、部屋の端《はし》っこで足を投げだして寝《ね》ていたシロ姉がパッと顔を起こした。金ピカの目でこちらをうかがっている。特《とく》になにもないとわかると、のばした前足にそっと自分のあごを乗せ、ふうん、とため息をついて目を閉《と》じた。

あれ以来《いらい》ソファの下から出てこないみいちゃんはともかく、シロ姉はこの家にとてもなじんでいるように見える。でもまた、違《ちが》う家に行く日が来るのだという。

それってどうなんだろう。楓さんは寂《さび》しくないのかな。シロ姉は、また新しい家でもあんなふうに足をのばしてふうんとため息をつくのかな。いつか、この家で過《す》ごした時間を、そして前の家での暮《く》らしも、忘《わす》れる日が来るんだろうか。

「そうなるね。ま、さよならするときは寂しいけどね！　でもいままでよりずっと幸せな猫生《ねこせい》を送ってくれたらいいな、いっぱいかわいがってもらえるといいな、って思って、いつもお見送りしてるんだ」

「えーぜったいぜったい寂しいよ、それ！」

ソファの下からこっそり顔を出したみいちゃんと目が合った。みいちゃんはほぼ茶色くて、鼻周《はなまわ》りに白、おでこらへんに黒が交《ま》じっている。いちおう三毛猫《みけねこ》なのだろうけど、同じ三毛猫のニケとはだいぶ雰囲気《ふんいき》が違《ちが》う。

そして、ほとんど真っ白のシロ姉ともあまり似《に》ていなかった。顔もシロ姉の半分くらいしかない。顔のわりに大きい目をクリクリさせて、ぼくを見る。金色の目だけが、シロ姉と同じだ。

「ずっといっしょにいたいって、思わないですか？」

ぼくも思わず、聞いてしまった。ちょっとの間ふれあっただけで、ぼくはもうこの家の二匹《ひき》の猫のことをかなり好《す》きになってしまっている。全部ニケのせいだ。ニケのせいで、すっかり猫好きになっちゃったじゃないか。

「うん、そう思うこともあるよ。でもそこでだれかに決めちゃったら、もうほかの猫を助けてあげられなくなるなって思って、私《わたし》はこの方法《ほうほう》を選《えら》んでる」

「どういうこと？」

仁菜が楓さんに聞く。みいちゃんはすぐにまたソファの下にもどっていった。少ししてから、かすかだったけれど確《たし》かにソファの下から、ふうん、とため息をつく音が聞こえた。

みいちゃんも、実はソファの下で自分の前足を枕《まくら》にしながら、シロ姉と同じようにため息をついているのかもしれない。

「保護団体《ほごだんたい》の人たちはね、いっぱい増《ふ》えすぎて飼《か》えなくなっちゃったおうちに行ったり、困《こま》ってる野良猫《のらねこ》を見つけて保護するんだけど、保護団体のところだけでは飼いきれないのね。それにずっとちっちゃいケージに閉《と》じこめてると、いつまで経《た》っても人に慣《な》れないし、そういう子ってなかなかもらい手も見つからないの」

確《たし》かに、とぼくは思う。前に仁菜のアパートの庭に現《あらわ》れた白黒の猫は、こちらのあげるエサを食べてはくれたけれど、一定の距離《きょり》を保《たも》っていて、絶対《ぜったい》に触《さわ》れない距離にいたし、鼻も目もぐしょぐしょしていた。

あの猫をどうにかして捕《つか》まえてもらい手を探《さが》そうと思っても、なかなか難《むずか》しそうだ。

「私《わたし》たち預《あず》かりボランティアは、そういった子を一時的《いちじてき》に預かって、人に慣れさせて、新しい飼い主さんを探すんだ。病気があればその間に治療《ちりょう》する。不妊手術《ふにんしゅじゅつ》は、保護団体がやってくれることが多いけどね。私たちは、そうやって一般家庭《いっぱんかてい》での暮《く》らしに慣れさせて、新しいおうちでもかわいがってもらえるように、精一杯愛情《せいいっぱいあいじょう》を注ぐんだよ」

「そっかあ」

仁菜は、なにごとか考えているようだった。

「最近《さいきん》は猫《ねこ》ブームで、犬より飼《か》うのが楽だからって気軽な気持ちで猫を飼い始める人も多いけど、その陰《かげ》で増《ふ》えすぎちゃった猫が不幸《ふこう》になったり、不妊手術《ふにんしゅじゅつ》されずに飼われていて逃《に》げちゃった猫が野良猫《のらねこ》になって子どもが増えちゃったり、いろいろ問題も多いんだよ。だからね、仁菜ちゃんがニケちゃんを助けてあげたことは立派《りっぱ》だと思うけど、半端《はんぱ》な気持ちで飼うのは違《ちが》うよって、ママは伝《つた》えたかったんだと思う。特《とく》に今回は、仁菜ちゃんが見つけた子を、玄太くんのおうちに押《お》しつけた形になっちゃったわけだし」

「押しつけただなんて、そんな」

ぼくが反論《はんろん》しようとすると、楓さんはぼくにそっと目線を送って、話《はな》し続《つづ》けた。

「玄太くんたちが優《やさ》しくて、ニケちゃんのことかわいがってくれたからよかったけど、そううまくいかないことのほうが多いんだからね。責任《せきにん》を持って飼えないなら拾うべきじゃないって考え方の人もいる。ママも最初《さいしょ》はそう思ったんじゃないかな。だから仁菜ちゃんのこと、怒《おこ》ったんだよね」

「うん……うん」

仁菜は素直《すなお》にうなずいた。

みいちゃんがふたたびソファの下からそっと顔をのぞかせた。今度は仁菜の足にそっと鼻を近づける。難《むずか》しい顔をしていた仁菜が、ぱっと笑顔《えがお》になった。

ぼくはふと、ニケを見つけていたのがぼくだったなら、と考えた。

正直、どうしていたかはよくわからない。あのときのぼくには、そりゃあもちろん猫《ねこ》を飼《か》うだなんて考え、これっぽっちもなかった。猫がかわいいという認識《にんしき》すらなかったくらいだ。

猫との思い出といったら、仁菜のアパートの庭で見たあの白黒猫くらいのもので、それだってあのときにはすっかり忘《わす》れていた。生きているか死んでいるかもわからないような汚《よご》れた子猫を助けただろうか。

じゃあ、いまだったら？　いま道ばたで子猫を見つけたら？　わからない。わからないけれど、たぶん、放ってはおけない。

「ふたりなら大丈夫《だいじょうぶ》だとは思うけど……ニケちゃんのこと、うんと大事にしてあげてね。もうちょっと大きくなったらちゃんと不妊手術《ふにんしゅじゅつ》もしてあげて、ときどき病院にも連《つ》れていってあげてね。最後《さいご》まで、責任《せきにん》を持って面倒《めんどう》を見てほしい」

真剣《しんけん》な楓さんの言葉に、ぼくたちは思い思いにうなずいた。

いまなら、雅さんがニケを初《はじ》めて見たあの日、あれだけ怒《おこ》った気持ちがなんとなくわかる。仁菜も、それは同じなんだろう。

「……大事に、します」

声に出したら、背中《せなか》のあたりがぞわぞわした。よくわからないけれど、これが「責任」ってやつの表れなんだろうか。

「よし！　仁菜ちゃん、玄太くん、頼《たの》みましたよ！」

楓さんが少しおどけてそう言って笑《わら》った。楓さんに「玄太くん」って呼《よ》ばれると、首のあたりがなんだかくすぐったい。これは背中のぞわぞわとは違《ちが》うけど、いったいなんなんだろうな。

その後仁菜がみいちゃんをなつかせようと躍起《やっき》になりだしたので、ぼくはひざ立ちでそうっと移動《いどう》して、シロ姉に近づいた。シロ姉は金ピカの目でぼくをじっと見る。手をのばしても嫌《いや》がらなかったので、そのまま首の横をなでると、気持ちよさそうに目を閉《と》じた。

そのままゆっくりと体を触《さわ》った。ニケよりも毛が短いせいか、手触りが少し違《ちが》った。ニケはまだ子猫《こねこ》だからか、毛が細くて長く、触るとふわふわだが、シロ姉は短い毛がすき間なく並《なら》んでいて、まるで毛皮のような触り心地だった。

それに、体つきも全然《ぜんぜん》違う。ニケはまだ子どもで、脇腹《わきばら》を触ると骨《ほね》が手にあたるけれど、シロ姉は全然骨がわからなかった。腰回《こしまわ》りは特《とく》に立派《りっぱ》で、でっぷりとしたお尻《しり》は触りがいがある。

なでているうちに、喉《のど》の奥《おく》からゴロゴロと重低音《じゅうていおん》が響《ひび》いてきた。大きさが違うからだろうか、ニケのゴロゴロ音とはまた違う、深くてよく響く音だ。いつかニケも大きくなって、こんなふうに重低音を響かせる日が来るんだろうかと思い、そのままでいてほしいような、早く成長《せいちょう》したニケを見てみたいような複雑《ふくざつ》な気持ちになった。

シロ姉はぼくの気持ちなど関係《かんけい》なさそうに、くわっと大きく口を開けてあくびをした。口の中が丸見えになり、ぼくは思わず見入ってしまう。ニケの二倍くらいありそうな太くて長い牙《きば》が見えた。ニケよりちょっとだけ黄色い。シロ姉はいったい何歳《なんさい》なんだろう。

あくびを終えたシロ姉は、ぺろぺろと二回、自分の鼻をピンク色の舌《した》でなめると、満足《まんぞく》したように目を閉《と》じて、また自分の前足を枕《まくら》にして寝始《ねはじ》めた。見ているだけでこっちまで眠《ねむ》くなっちゃいそうなくらい、幸せそうな寝顔だった。

「じゃあそろそろ、ママに迎《むか》えに来てもらおっか！　これから玄太くんの家にも行くんでしょ？　あんまり遅《おそ》くなっちゃ悪いもんね」

「そうなの？」

「聞いてないけど」

スマホを片手《かたて》に立ち上がった楓さんの言葉に、ぼくと仁菜はそろって首をかしげる。

「うちに来たら、ニケちゃんに会いに行っていいって話になってたんじゃないの？　今日さっそくニケちゃんに会いたくない？」

楓さんがにこっと笑《わら》う。理解《りかい》した仁菜がぱっと立ち上がって、場違《ばちが》いなくらい大声でやったーと叫《さけ》び、やっと慣《な》れかけていたみいちゃんは、またもやソファの下にダッシュした。確《たし》かに行きの車でそんなような話を雅さんとしたけれど、今日この後だったとは知らなかった。

雅さんは、あと十分ほどでこちらに到着《とうちゃく》するとのことだった。待っている間、みいちゃんお気に入りの猫《ねこ》じゃらしで遊んでいると、楓さんが不意《ふい》になんの脈絡《みゃくらく》もなく切りだした。

「そういえばさ、仁菜ちゃん学校行ってないんだって？」

ぼくは内心びっくりして猫じゃらしをみいちゃんの鼻先にぶつけそうになったけれど、すんでのところでひっぱり、平静《へいせい》を装《よそお》う。「なんで学校に来ないの？」って、仁菜に聞きたくてもずっと聞けなくてもんもんとしていたのに、楓さんはこんなにさらっと聞いてしまうなんて！

「うん、そう」

「えーなんでなんで？　仁菜ちゃんイジメられるようなタイプじゃないでしょ」

「そんなわけないじゃん！　ただね、私《わたし》は反抗《はんこう》してるのよ。学校に行かないのは、私の意《い》思表示《しひょうじ》なの」

「へえ？」

シロ姉のしっぽをひっぱって遊んでいた仁菜は、なぜか誇《ほこ》らしげに言った。

「この髪《かみ》のこと、副担《ふくたん》の先生にいじられたの。ストレートパーマでもかけて髪がおとなしくなったら性格《せいかく》もちょっとはおとなしくなるんじゃないかって。失礼《しつれい》じゃない？　生まれつきのものに対してそういった物言いをするのは！」

ぼくは副担《ふくたん》の向井田《むかいだ》先生を思《おも》い浮《う》かべ、心の中で少し同情《どうじょう》した。きっと新しいクラスのみんなとの距離《きょり》を詰《つ》めようとして、よく考えず、気軽な気持ちで言ったのだろう。それがこんな登校拒否《きょひ》につながるなんて思いもしなかったはずだ。

「しかもね、それだけじゃないの。それを聞いてたクラスの女子たちが笑《わら》ったのよ！　あんなつまんなくて出来の悪い冗談《じょうだん》で笑うなんて最低《さいてい》。いっしょの教室で授業《じゅぎょう》受けるなんて耐《た》えらんない」

話しているうちに、だんだん怒《いか》りがよみがえってきたらしい仁菜は、鼻息も荒《あら》くそう言い切った。向井田先生はもともと女子から人気がある。その先生の冗談に女子たちが笑うのも、想像《そうぞう》がつく。

仁菜は、向井田先生の一言よりも、女子たちが笑ったことのほうがショックだったんじゃないかな、とぼくはふと思った。

楓さんはいったいどういう反応《はんのう》をするだろうとようすをうかがうと、なぜかしみじみとつぶやいたのだった。

「仁菜ちゃん、ほんとにママそっくりなのねえ」

「えええー？」

なんでなんで、どこが、と仁菜が騒《さわ》ぐ。楓さんは、「ママには内緒《ないしょ》だよ」と言って、昔のことを話してくれた。

雅さんも、仁菜くらいの年齢《ねんれい》のときに登校拒否《きょひ》をしたこと。原因《げんいん》はなんでもない友達《ともだち》の一言だったらしいが、意思表示《いしひょうじ》のために学校を休んだらしい。「行けないんじゃなくて、行かないって決めただけ」と雅さんが言ったことを、楓さんはいまでもよく覚《おぼ》えているのだという。

そのあと楓さんは、部屋の隅《すみ》に置《お》いてあったノートパソコンを開き、昔の写真を見せてくれた。仁菜は画面をのぞきこんですぐに、不思議《ふしぎ》そうな顔をする。

そこには、女の子ふたりが写っていた。背《せ》がずいぶん違《ちが》うから、大きいほうが姉の雅さん、小さいほうが妹の楓さん、なのだろう。でもなんだか、イメージと違う。

「ママのほうが、クルクルだ」

つぶやいた仁菜を、すっかり慣《な》れてかくれなくなったみいちゃんが、首をかしげ、きょとんとした顔で見つめる。

「やっぱりママ言ってなかったんだ。ちっちゃいころはね、ママも仁菜ちゃんみたいに天《てん》然《ねん》パーマだったんだよ。私《わたし》は対照的《たいしょうてき》にまっすぐなストレート」

「えー！　そうなの？」

仁菜が驚《おどろ》いて大きな声を出すと、やっぱりみいちゃんはさっとソファの下にもぐってしまった。シロ姉は足を投げだしたまま、うるさいよ、と言いたげにちらっと金色の目を開けてこちらのようすをうかがっている。

「ママはずっと私《わたし》の髪《かみ》をうらやましがってた。高校入ってバイト始めて、お給料《きゅうりょう》入ったらすぐにストパーかけてたっけなあ」

「なにそれなにそれ！　ママそんなこと一言も言ってなかった！」

「え、でも……」

仁菜が本格的《ほんかくてき》に怒《おこ》りだしそうになったところで、ぼくはふと気がついた。あれ、この前雅さん、高校時代の思い出話してたとき……。

「おかしいな、この前はバイト代は全部猫《ねこ》たちのために使ったって言ってたけど」

「そりゃちょっとかっこよく言いすぎだね。パーマ代と猫代、半々くらいだったんじゃない？」

楓さんはまた楽しそうに笑《わら》う。あんなに真剣《しんけん》に話してくれた雅さんがちょっと話を盛《も》っていたと考えると、それはそれでなんだか笑えてくる。

「じゃあじゃあ、おばさんのこのクルクルは？」

「ああ、これもパーマだよ。私《わたし》は逆《ぎゃく》に自分のまっすぐの髪《かみ》が嫌《きら》いでさ。まっすぐはまっすぐで、まる子だとか座敷《ざしき》わらしだとか、いろいろ言われるもんなんだよ。だから大学入ってから、もうずっとパーマかけ続《つづ》けてるんだ。結局《けっきょく》ね、みんなないものねだりしちゃうんだろうね」

「なんだあ、そっかあ……この髪は、ママ似《に》かあ……」

少し落ち着いてきたらしい仁菜が自分の爆発《ばくはつ》した髪を指先でもてあそびながら、もう一度写真をまじまじと見つめた。

「ちっちゃいころは、私たちもお互《たが》いの髪のことでよくけんかしたよ。その髪がうらやましいなんて言おうもんなら、すっごい怒《おこ》っちゃって大変《たいへん》だったんだから。あんたにはなにもわからない、とか言って髪《かみ》ひっぱられてさ、よく泣《な》かされたなあ」

楓さんは少し遠い目をしてしゃべる。この前仁菜がかくれて猫《ねこ》を拾ってきたことがバレたときの雅さんのこっわい仁王立《におうだ》ちを思い出し、ぼくはひとりで身震《みぶる》いした。ぜったいぜったい、ものすごく怖《こわ》かったに違《ちが》いない。

「いまはいろんな人に髪のこと言われるかもしれないけどさ、そんなの大きくなったらどうとでもできるものだし、これはこれで仁菜ちゃんの個性《こせい》なんだから、気にすることないと思うけどな」

楓さんがにこっと笑《わら》う。ふわふわとゆれる髪の合間から、小さなピアスがきらっと光った。

仁菜が返事をするより先に、チャイムが鳴ってこの話は終わりになった。楓さんは、秘《ひ》密《みつ》にしてね、と言ってパソコンを閉《と》じて立ち上がる。

ぼくたちは、雅さんが訪《おとず》れてさらにソファの奥深《おくふか》くにかくれてしまったみいちゃんと、やっぱり気《け》だるそうに横たわっているシロ姉に別《わか》れを告《つ》げて、楓さんの家を後にした。

雅さんのビートルの後部座席《ざせき》に乗りこみ、窓《まど》の外を眺《なが》める。びゅんびゅんと通《とお》り過《す》ぎていく知らない町の景色《けしき》。

みいちゃんやシロ姉は、いっときだけでも楓さんの家で暮《く》らせて、きっと幸せだろうと思う。猫《ねこ》のために一部屋あげて、自作でキャットウォークまで作ってしまう楓さんのことだから、心を込《こ》めてかわいがっているに違《ちが》いない。

ニケはどうだろう。仁菜に拾われ、騒《さわ》がしいぼくの家で暮らすことになって、なにを思っているのかな。幸せだと思ってくれているならいいけど。

それからぼくは、帰りぎわ、仁菜が雅さんと話している間に、楓さんからそっと言われたことを思い出した。

「姉さんもね、仁菜ちゃんの登校拒否《きょひ》のこと、なんとかしたいと思ってはいるみたいなんだけど……姉さんも仁菜ちゃんもよく似《に》てるから、うまくいかないのかもね。なんでもひとりで勝手に決めちゃって、意地《いじ》っ張《ぱ》りなところとか。玄太くんも巻《ま》きこんじゃって申《もう》し訳《わけ》ないけど、ニケちゃんのことも、仁菜ちゃんのことも、よろしくね」

楓さんによろしくと言われても、どうしたらいいかわからなかった。

でも、楓さんの微笑《ほほえ》みがまぶしかったから、ぼくは思わずうなずいたのだった。

# 第5話

# またもや、嵐《あらし》の予感

「――……うーん、一・三キロですね」

「ニャア」

診察台《しんさつだい》の上で、ニケが少しだけ不満《ふまん》そうな顔をして鳴いた。

六月中旬《ちゅうじゅん》の土曜日、ぼくたちはニケを動物病院へ連《つ》れていった。ニケを拾ってから一か月ちょっと経《た》ったので、ワクチンを打つためだ。

ワクチンを打ったほうがいい、というアドバイスをくれたのは、楓《かえで》さんだった。生まれてすぐの赤ちゃんは、お母さんの初乳《しょにゅう》から移行抗体《いこうこうたい》というものをもらっていて、しばらくの間は病気にかからないように守られているのだそうだ。生後二か月くらいになると、その抗体ってやつが期限《きげん》切れになってしまうため、ワクチンを打つ必要《ひつよう》があるらしい。

「ワクチンって、猫《ねこ》も打たなきゃいけないの」

「そうだよ、打たなきゃダメ！」

「家の中だけで飼《か》っていたとしても、最初《さいしょ》に二回、そのあとは一年に一回はワクチン打たなきゃいけないんだって」

あんまりピンと来ていない母さんに、ワクチンの大切さを説《と》いたのは仁菜《にな》だった。ぼくももちろん援護射撃《えんごしゃげき》した。全部楓さんの受け売りではあったけれど。ぼくたちはニケを「責任《せきにん》を持って育てる」って約束《やくそく》したから、がんばらねばならないのだ。

ぼくたちの説得《せっとく》と、父さんがググって得《え》た情報《じょうほう》を得意《とくい》げに披露《ひろう》したことから、母さんも動物病院行きを了承《りょうしょう》した。

仁菜は相変《あいか》わらず登校拒否《きょひ》を続《つづ》けていたけれど、あの日を境《さかい》にまた毎日うちに来るようになった。ひどいとき、というかぼくの習いごとがない木曜日以外《いがい》は、ぼくより早くうちにいてニケと遊んでいるのだ。母さんも陽向《ひなた》ももうすっかり慣《な》れっこになってしまった。

当然《とうぜん》、今日の動物病院行きにももれなくついてきている。

「拾った日は四百二十グラムなんで、ほぼ三倍になりましたね」

先生は今日も色白だった。カルテを見ながらそう言うと、訳《わけ》がわかっていない陽向がなぜかいちばんうれしそうに三倍、三倍と騒《さわ》いだ。

診察台《しんさつだい》の上で落ち着かなそうにきょろきょろとあたりを見回すニケ。確《たし》かに最初《さいしょ》に連《つ》れてきたときは、ぐったりして動かなかったくらいだ。目も汚《よご》れで開かなくなっていたし、ニケはここに来たことを覚《おぼ》えていないだろう。

それから先生は、ニケの体を頭から順《じゅん》に触《さわ》って身体検査《しんたいけんさ》をした後、聴診器《ちょうしんき》をそっとニケの胸《むね》に当てた。ニケは抱《だ》っこしてくれている看護師《かんごし》のお姉さんの顔を見上げている。最初、買ったばかりでピッカピカのキャリーから出したときは落ち着かなそうだったけれど、検査されている間は不安《ふあん》そうな顔でじっとしていた。ニケもなにか感じ取っているのかもしれない。それか、知らない人に囲《かこ》まれて怖《こわ》がっているのかな。

「うん、心臓《しんぞう》の音は問題ないですね。体も大きくなっているし、順調《じゅんちょう》に育っています」

「そうですか」

「よかったあ」

母さんと仁菜が喜《よろこ》び合《あ》う。きっと親子だと思われているんだろうな、とぼくは今日も思った。

それから先生は、カバーをつけた体温計をお尻《しり》の穴《あな》につっこんだ。そのときばかりは、ニケもあせってニーニー鳴いた。そのようすがあまりに必死《ひっし》なものだから、みんなで笑《わら》ってしまう。

「これでも細くてやわらかいものを使ってるんですが、猫《ねこ》ちゃんが小さいとやっぱりちょっと痛《いた》いよね」

話しながら先生が体温計を引《ひ》き抜《ぬ》く。

「三十八・五度ですね」

「ええ？　お熱《ねつ》あるの？」

声をあげたのは仁菜だった。元気だと思っていたのに、そんな熱が高かったなんて、とぼくもショックを受けていると、先生が笑った。

「ああ、ワンちゃん猫ちゃんの平熱は三十八度台なんですよ。抱《だ》っこするといつでもあったかいでしょう?」

「あー確《たし》かに」

先生の言葉に安心する。確かに、ニケを抱《だ》っこすると、いつだって湯たんぽみたいにぽかぽかあったかい。陽向がリビングで昼寝《ひるね》をしているとよくニケもいっしょになって丸まって寝ているのだが、ニケがぴったりくっついているせいで、暑くなった陽向にたまに蹴《け》られそうになっているくらいだ。

その後先生は体温計カバーの先についたニケのうんちを、ガラスの上にのせた水で溶《と》いて、顕微鏡《けんびきょう》でじっくりと観察《かんさつ》した。

「それなにしてるの?」

陽向がなにも気にせず先生に質問《しつもん》する。

「ニケちゃんのお腹《なか》の中に虫がいないか探《さが》したり、変《へん》な菌《きん》が増《ふ》えてないか見てるんだよ」

「へー」

先生の言葉に、全員で感心する。うんちを顕微鏡で見るなんてきったないなって思うけど、それがニケのためになるんならどんどんやってほしい。

「うん、大丈夫《だいじょうぶ》そうだね」

顕微鏡《けんびきょう》から目を離《はな》し、先生が立ち上がる。みんなでほっとしていると、ニケがまたなにかを悟《さと》ったようにニーと鳴いた。

先生は次に三センチほどの小さな小瓶《こびん》の中の薄《うす》ピンク色《いろ》の液体《えきたい》を注射器《ちゅうしゃき》で吸《す》うと、別《べつ》の小瓶に入れた。

「それはなに？」

「これがワクチン。こっちの液体で、こっちの瓶の粉《こな》を溶《と》かすと、ワクチンができるんだよ。かんたんに言うとあれだね、給食《きゅうしょく》のときに牛乳《ぎゅうにゅう》に粉を溶かすとコーヒー牛乳になるみたいなものだよ」

「ミルメーク！　懐《なつ》かしい～」

先生の説明《せつめい》に反応《はんのう》したのは、母さんだけだった。ぼくたちがぽかんとしているのに気づき、先生がおや、という顔をする。

「最近《さいきん》の給食では出ないんですかねえ」

「ここら辺《へん》では牛乳が瓶じゃなくて紙パックになったから、ミルメークも粉から液体になったみたいですよ」

「へえ、そうなんですか」

母さんと先生が話している間に、先生は粉《こな》に液体《えきたい》を混《ま》ぜたものを、ふたたび注射器《ちゅうしゃき》で吸《す》いだした。粉を混ぜても、液体の色は薄《うす》ピンクのまんまだったけど、今度はちゃんとワクチンになっているらしい。粉を混ぜたら真っ青になったりしたら、おもしろかったのにな。

「じゃあ打ちますね。猫《ねこ》ちゃんの場合は太ももに打ちます。ちょっとちくっとするけど我《が》慢《まん》してね」

先生がいよいよニケに向かって注射器を構《かま》える。自分が打たれるわけじゃないのにこちらまでドキドキしてしまう。

「えークウちゃんのときはいっつも首の後ろだよ。なんで足なんかに打つの、痛《いた》そう！」

先生がニケの足をぬれたコットンでふいていると、仁菜が横で騒《さわ》ぎだした。確《たし》かに、わざわざ足に打たなくたってよさそうなのにな。大人の猫ならともかく、ニケは大きくなったとはいえまだ一キロちょっとしかない。足だって細いのに。

「ああ、クウちゃんはワンちゃんかな。猫《ねこ》ちゃんはね、ワクチンの注射後にできものができちゃうことがあるんだよ。みんながみんなできるわけじゃなくて、可能性《かのうせい》はすごく低《ひく》いんだけどね。でも、もしもできものができちゃった場合は、なるべく広めに切り取らなきゃいけないんだ」

「切り取るって……」

「うん、足の場合は断脚《だんきゃく》、つまり太ももからばっさり足を取っちゃわないといけないんだ」

「えー！」

「足を切る……」

仁菜と母さんがそろって悲鳴をあげた。ぼくも思わずつぶやいてしまう。足を切るだなんて、そんな。

「背中《せなか》にできものができちゃうと、十分な広さで切り取れないからね。猫ちゃんの場合は、ワクチンは足に打つことが多いんだよ。すごく乱暴《らんぼう》な考え方だとは思うけど、足なら最悪《さいあく》切れるってことで」

「まじ、信《しん》じらんない！」

今回ばかりは仁菜に同感。断脚《だんきゃく》なんて、乱暴《らんぼう》すぎる。

仁菜がなおも騒《さわ》いでいる間に、先生は手慣《てな》れたようすでニケの足に注射《ちゅうしゃ》を打った。ニケは注射の瞬間《しゅんかん》ちょっと嫌《いや》そうにもじもじと動いたが、それよりも動揺《どうよう》している仁菜が気になったようで、悲鳴をあげたり飛《と》び上《あ》がって逃《に》げたりすることはなかった。

「犬は大丈夫《だいじょうぶ》なんですか？」

「そうですね。たまに注射あとがはれることもありますが、断脚なんて物騒《ぶっそう》なことになるのは、猫《ねこ》ちゃんだけです」

「そうなんだ、怖《こわ》いわね〜」

「まあぼくもまだ断脚が必要《ひつよう》な猫ちゃんに出会ったことはありませんけどね」

先生が安心させるようににこっと笑《わら》う。

母さんはおそるおそる、看護師《かんごし》さんの腕《うで》に抱《だ》かれるニケをのぞきこんだ。注射を打たれた左足の太ももの毛が消毒《しょうどく》で少しぬれているくらいで、ニケも特《とく》に気にしているようすはなかった。

「じゃあ次は一か月後に、もう一回ワクチンを打ちに来てください」

「え、まだ打つんですか？」

ぼくたちが一生懸命《いっしょうけんめい》した説明《せつめい》を忘《わす》れてしまったのか、母さんがニケを看護師《かんごし》さんから受け取りながら、先生に聞き返す。

「はい。猫《ねこ》ちゃんの場合はだいたい二回、最初《さいしょ》にワクチンを打ってもらいます。そうするとこのワクチンの抗体《こうたい》が体になじんで、病気から守ってくれるようになるんですよ。二回目を打った後は、一年ごとに打てば大丈夫《だいじょうぶ》です」

「一年ごと！　子どものワクチンは小さいころ打てば一生持つのに、猫ちゃんはダメなんですね」

「そうですね、なかには抗体があんまり長持ちしないものもあるので」

「クウちゃんは年に二回も打ちに行ってるよ！」

母さんの腕《うで》の中のニケをのぞきこみ、無理《むり》やり頭をなでている仁菜が言った。

「よく知ってるね。ワンちゃんは、この混合《こんごう》ワクチンのほかに、狂犬病《きょうけんびょう》のワクチンも打たなきゃいけないからね。そろそろフィラリアの薬も飲まなきゃいけないし、そういう意味ではワンちゃんのほうが大変《たいへん》かもしれないね」

先生は言いながら、注射針《ちゅうしゃばり》をかたづけている。犬は散歩《さんぽ》も行かなきゃいけないし、確《たし》かに猫《ねこ》のほうが飼《か》うのが楽そうな感じがする。

でも、そうやって手軽に猫を飼えてしまうからこそ、多頭飼育崩壊《たとうしいくほうかい》や野良猫《のらねこ》の増加《ぞうか》みたいな問題が起こることを忘《わす》れちゃダメなんだ。

「そういえば、この子、避妊手術《ひにんしゅじゅつ》をする予定はありますか?」

「あ、はい……」

「します」

ちょうどいいタイミングで先生が手術の話をするもんだから、思わずぼくは母さんの返事にかぶせるように返事をしてしまった。

「そうだね、子どもを産《う》ませる予定がないなら早めにしてあげたほうがいいね」

勢《いきお》いよく返事してしまい、恥《は》ずかしくなったけれど、先生が優《やさ》しく微笑《ほほえ》んでそう言ってくれたのでほっとする。

「やっぱりそういうものなんですか」

「まあ、考え方はいろいろあると思いますが……放《はな》し飼《が》いにしたりする場合は、不妊手《ふにんしゅ》術《じゅつ》を必《かなら》ずするようお話ししています。予定しない妊娠《にんしん》は、お母さんにとっても、子どもにとってもかわいそうですからね。これ以上《いじょう》野良猫《のらねこ》が増《ふ》えるのもよくありません。また、完全《かんぜん》に室内飼いをする場合でも、脱走《だっそう》して子どもができてしまったり、ということもありますし、メスの発情期《はつじょうき》はわりと大変《たいへん》なので、初回《しょかい》の発情を見て避妊《ひにん》を決断《けつだん》される方もけっこういらっしゃいますよ」

「大変って……どんな感じなんですか？」

「マーキングをかねていつもと違《ちが》う場所でおしっこやうんちをしてしまったり、オスを求《もと》めてずっと鳴《な》き続《つづ》けたり、ですかね。とにかくふだんと違う行動をするので、戸惑《とまど》われる方も多いですよ」

「そうなんだあ……」

「まあ、まだ手術するには早いですけどね。だいたい生後半年くらいで手術できるようになるので、いまだいたい二か月齢《げつれい》だとして、そうですね、秋くらいがちょうどいいタイミングですね」

「そっか、秋かあ。じゃあそれまでに手術代《しゅじゅつだい》ためなくちゃね」

母さんの言葉に、ぼくはうなずいた。手術、と聞くと怖《こわ》いような気もするけれど、ちゃんと責任《せきにん》を持って飼《か》うために、必要《ひつよう》なことなんだ。

ニケは仁菜の腕《うで》の中で、きょとんとした顔でぼくらを見上げていた。明るい部屋にいるからか、黒目が縦《たて》に細い。

秋、生後半年になったニケは、このさらに三倍くらいの大きさになっていたりするんだろうか。シロ姉《ねえ》みたいなデブ猫《ねこ》になるのかな、それともみいちゃんみたいに細いままかな。

ぼくはニケを見ながら、ぼんやりとそんなことを考えていた。


「最近《さいきん》ニケ、置《お》きエサするようになったのよ」

学校から帰ったぼくに母さんがそう言ったのは、ワクチンを打ってから二週間ほど経《た》ったある日のことだった。

「置《お》きエサってなに？」

「あげたご飯《はん》をすぐ食べずに、ちょっとずつ好《す》きな時間に食べるらしいのよ、猫《ねこ》って。ちっちゃいころはお腹《なか》が減《へ》ってるからすぐに食べ切っちゃうけど、成長《せいちょう》するとそうやって一日かけてエサを食べる子もいるんだって」

習いごとがある日は、パートを終えた母さんのほうが帰りが早い。週三日のパートをしている母さんはだいたいいつも「パート終わりはお腹がすいてなにか食べないとやってられないわ」と自分への言《い》い訳《わけ》みたいなことを言いながら、買いだめしてあるせんべいやらお菓子《かし》やらをバリバリ食べ、それから夕飯《ゆうはん》のしたくに取りかかる。そのくせぼくたちには、「夕飯が食べられなくなると困《こま》るからお菓子はやめなさい」と言う。

今日もガサガサ袋《ふくろ》を開けてきなこねじりを食べる母さんを見ながら、もしかして母さんも大人だから置きエサ制度《せいど》を採用《さいよう》しているんだろうか、とふと思った。

「あれ、でももうないよ」

「さっき残《のこ》ってたエサかたづけたのよ。最近暑いから」

「ふーん」

ニケのケージをのぞくと、空《から》のお皿だけが置《お》いてあった。

「食欲《しょくよく》ないんじゃないの？」

「えーそう？　でもお腹《なか》ぽんぽんにふくらんでるし、ただたんにお腹いっぱいなだけなんじゃない？　それか夜、お父さんがこっそりおやつでもあげてるのかなあ」

確《たし》かに、ニケを文字どおりねこっかわいがりしている父さんならありうる話だ。

「こうやってだんだん大人になってくのね。あーあ、人間も猫《ねこ》ぐらいスピーディに大人になってくれれば楽なのにな～」

「母さん、そういうのは子どもの前で言うべきじゃないよ」

「あらごめんなさい」

おほほ、とわざとらしく笑《わら》いながら、母さんは台所へ消えた。

なんだか心配になり、ぼくはソファで寝《ね》ているニケのお腹をつんつんとつついた。確かに、前よりもぽにょぽにょしている気がする。

そういえば父さん、前に陽向にもこっそりおやつをあげていて、母さんに注意されてたっけ。ぼくだって父さんとふたりで出かけたときは、母さんに内緒《ないしょ》でソフトクリームやシュワシュワのジュースをこっそり買ってもらっている。

考えているうちに、だんだんぼくも、父さんはニケにもこっそりおやつをあげているに違《ちが》いない、という気がしてきた。

「こりゃあシロ姉コースまっしぐらだなあ」

横になったまま起き上がろうとしないニケをそっとなでる。ニケは迷惑《めいわく》そうに両手でぼくの腕《うで》をはしっとつかんだ後、またすぐに力尽《ちからつ》きてパタッと横になってしまった。ひとりで留守番《るすばん》をしている間はずっと寝《ね》ているはずなのに、まだそんなに眠《ねむ》いのだろうか。

ニケはぼくをじっと見つめた後、大きな口を開けてあくびをした。


「そうだ、お父さん、ニケにこっそりおやつあげてるでしょ！」

その日の夜、母さんは夕飯《ゆうはん》をカウンターに並《なら》べながら、父さんに問いただした。

「おやつ？」

偽物《にせもの》のビールを冷蔵庫《れいぞうこ》から取りだした父さんが振《ふ》り向《む》く。ぼくたちはもうご飯を食べ終わり、陽向は眠った後だった。平日はだいたい仕事で遅《おそ》くなるので、父さんだけひとりで夕飯《ゆうはん》を食べているのだ。

「なんの話？」

父さんはきょとんとしながら、缶《かん》を開けた。ぷしゅり、という音と、父さんのきょとんとした顔が相まって、なんだかまぬけに見える。

「ニケが最近《さいきん》置《お》きエサするようになったって、お父さんも言ってたじゃない。そしたら玄《げん》太《た》が、食欲《しょくよく》ないだけなんじゃないのって言うのよ」

「それと、おやつとどう関係《かんけい》があるの」

いすに座《すわ》るのを待ちきれず、そのまま台所でざざーっとビールもどきを喉《のど》に流《なが》しこんだ父さんは、まだ話が読めていないようだった。

ぼくや陽向が同じように台所でジュースを立って飲んだら怒《おこ》るのに、母さんは父さんにはなにも言わない。前に母さんに、父さんにはなんで怒らないのか、不公平《ふこうへい》じゃないか、と言ったら、「お父さんはもう大人だから言っても無駄《むだ》なのよ。あんたたちはあれを反面《はんめん》教師《きょうし》にしてまっとうに育つように」とやたらしたり顔で返されたことがある。まっとうっていったいなんだろう、とそのときのぼくは思ったし、いまでもよくわからない。

「だから、夜にお父さんがニケにこっそりおやつあげてるんじゃないかって話になったのよ。そのせいで昼間は食欲《しょくよく》がなくてキャットフード食べないんじゃないの？」

「ええ、おやつなんてあげてないよ」

「そうなの？」

やっと自分に疑《うたが》いがかけられていることを悟《さと》った父さんが、いすに座《すわ》った。母さんがカウンターにぽいぽいのせた夕飯《ゆうはん》を、テーブルに置《お》いてちょびちょびと食べ始める。

ぼくは父さんの斜《なな》め前《まえ》のいすに座って、ぼくたちの夕飯には出なかった解凍《かいとう》したばかりでキンキンに冷《ひ》えた枝豆《えだまめ》を勝手につまみ食いした。

「こっそりおやつ買ってきて、あげたりもしてない？」

「してないって。そりゃ、少しだけチーズあげたりしたことはあるけど……」

「やっぱりあげてたんだ」

「え、なにそれ！　あげてるじゃない」

「いや、ほんのちょっとだよ！　しかもけっこう前だって！」

ついに白状《はくじょう》した父さんが、ぼくと母さんに責《せ》められ、あわてて言《い》い訳《わけ》を始める。やっぱり、犯人《はんにん》は父さんだったんだ。

「もう、ニケが塩分《えんぶん》取りすぎで病気になったらどうするの！」

「でも、喜《よろこ》んで食べてたぞ」

「そりゃそうでしょ、ふだんと違《ちが》うものをもらったらうれしいもの！　まだニケは子どもなのよ、いいか悪いかわかんなくてもらったら全部食べちゃうに決まってるじゃない！　だいたいお父さんは玄太たちにも甘《あま》いのよ」

母さんの追及《ついきゅう》は、ニケにとどまらず、ぼくたちにこっそりアイスやらシュワシュワのジュースやらをあげている話にまで及《およ》んだ。

父さんは、もうあげないから、と早々に降参《こうさん》して母さんの話を半分以上《はんぶんいじょう》聞き流しながら、枝豆《えだまめ》に手をのばす。何気なく口の中に枝豆の粒《つぶ》を放りこんで噛《か》んだ瞬間《しゅんかん》に、ぎゃっと目をつぶった。父さんはチカクカビンってやつらしくて、冷《つめ》たいものが苦手なのだ。

そんな父さんを見て笑《わら》っていると、さては知ってたな、という顔で見られてしまった。

そうだよ、知ってたよ。でもニケに勝手に食べ物をあげた父さんが悪いんだから、これくらいのいたずら、許《ゆる》されるはずだ。

ニケは、そんなぼくたちのやりとりには目もくれず、自分のケージのベッドで、そっぽを向いて丸まって寝《ね》ていた。最近《さいきん》、本当に寝てばかりだ。大人の猫《ねこ》ってほとんど寝ているって楓さんが言ってたけど、ニケはもう大人になっちゃったのかな。まだ二か月半なのに。


ニケを拾ってからずっとどたばたしていたぼくの生活は、そんなふうにゆっくり日《にち》常《じょう》に戻《もど》りつつあった。ただし、いままでの日常ではなく、「ニケがいる」新しい日常だ。

ニケがいる生活はぼくにとってもう当たり前になっていたし、ニケを見に仁菜がやってくるのも、下手すりゃぼくが帰るより早く仁菜がぼくの家にいるのも、いつものことだった。

そんなぼくの日常に事件《じけん》が起きたのは、ある月曜日のことだった。

月曜日は塾《じゅく》の日だったから、ぼくはいつものとおり瀬戸《せと》といっしょに帰っていた。瀬戸はぼくに塾後のアイスをそそのかした男だ。いたってまじめなメガネくんのくせに、甘《あま》いものには目がないのだ。きっとすぐにぶくぶく太り始めてしまうだろう。

ぼくが曲がり角で瀬戸に別《わか》れを告《つ》げているとき、ぼくを呼《よ》ぶ声が聞こえた。

「あ、げんちゃん！」

ぼくは声の主に背《せ》を向けていたから姿《すがた》は見えなかったけれど、その声と瀬戸の驚《おどろ》いた顔ですぐにわかった。

仁菜だ。仁菜が遠くからぼくの姿を見つけて、わざわざ大声で話しかけてきたのだ。

いったいなにを考えているんだろう、信《しん》じられないやつめ。

「なんか、呼ばれてない？　あれだれだ？」

ぼくはあせって、メガネをかけ直して声の主をよく見ようとしている瀬戸と、仁菜の間に入りこんだ。

「あ、あれ松木《まつき》だ！　そうだろ、松木だろ。あの登校拒否《きょひ》の」

「いやいやいやいや、気のせいだろ！　じゃあな瀬戸、また明日《あした》な！」

「ねーげんちゃん、早く鍵《かぎ》開けてよ！　今日真季《まき》さんいないみたいでさ、ずっと待ってたんだよ！」

「え、なに、なんだよ、どういうこと？」

仁菜はこちらの気持ちなんて一ミリたりとも考えず、ぼくの家の玄関前《げんかんまえ》で大声で叫《さけ》んでいる。瀬戸は、なぜ登校拒否《きょひ》をしている仁菜が慣《な》れたようすでぼくの家にやってくるのか、訳《わけ》がわからないという顔をしている。

でもいちばんあせっているのは、まちがいなくぼくだ。

「なんていうか、うん、別《べつ》に、どうっていうことでもないんだけど！　松木の親とぼくの親が同級生でさ、親同士《おやどうし》が仲《なか》がいいっていうだけ！　ほら、瀬戸、もうこんな時間だ、早く帰らないと！」

「なんだよそれ」

全然納得《ぜんぜんなっとく》していないばかりか、興味津々《きょうみしんしん》、といった顔をしている瀬戸の背中《せなか》を、ぼくは強引《ごういん》に押《お》した。まだ今日いっしょに帰っていたのが瀬戸でよかった。もしこれが秋吉《あきよし》だったら、このできごとはきっとインフルエンザウイルスより早くクラスじゅうに広まっていたことだろう。本物のインフルエンザみたいに学級閉鎖《へいさ》になるならまだいいが、この場合ダメージを受けるのはぼくひとりだ。うっかりぼくまで登校拒否になってしまう。

「瀬戸！　このことは、なかったことに！　忘《わす》れてくれ！」

「いやそんなこと言われても。なあ、説明《せつめい》してくれよ」

瀬戸が振《ふ》り返《かえ》りながら文句《もんく》を言っている間にも、仁菜の足音が迫《せま》ってくる。これ以上《いじょう》仁菜がなにかいらないことを発言して場をかき回されては大変《たいへん》だ。

「今度、ちゃんと話すから！　今日は勘弁《かんべん》してくれ！　アイスおごるから、な！」

「ほんとか？」

瀬戸の喉《のど》の奥《おく》がごくっと鳴る。アイス大好《だいす》き人間の瀬戸は、かんたんに買収《ばいしゅう》されてくれた。

「じゃあまあ、今日は帰るよ」

まだはてなマークが浮《う》かんだ顔をしていたものの、瀬戸は歩きだした。ちゃんと帰るかどうか、曲がり角からしっかりと確認《かくにん》する。最初《さいしょ》はのろのろと歩いていた瀬戸だったが、途中《とちゅう》から新作アイスのことでも思い出したのだろうか、さっさと歩き去っていった。

「ねえげんちゃん！」

「うわっ」

安心した瞬間《しゅんかん》、今度は後ろから仁菜に声をかけられ、思わず声が出てしまった。後ろから仁菜が来ていたのはわかっていたはずなのに、びっくりしちゃうなんて、ぼくのあほう。

「な、なんだよ」

「早く鍵《かぎ》開けてってば。ずっと待ってたんだからね」

仁菜は右手に持った手提《てさ》げ袋《ぶくろ》をぶらぶらと揺《ゆ》らしながら、不機嫌《ふきげん》そうな顔をしている。

瀬戸がついさっきまでここにいたことなんて、まるでお構《かま》いなしだ。

そうなんだ。仁菜はいつだって、そういうことは気にしないんだ。自分がやりたいと思ったことにはとことん突《つ》き進《すす》む。そして自分のものさしで周《まわ》りを見てしまうところがある。

確《たし》かにそれは仁菜のいいところでもあるのかもしれない。そういうときの周りを気にしない仁菜のまっすぐなパワーにはかなわない。

でも、ぼくは仁菜とは違《ちが》うんだ。

ぼくは人からどう思われるかも気になるし、人の目やうわさ話だって気になる。

学校ではうわさ好《ず》きの女子たちに槍玉《やりだま》に挙《あ》げられないようにひっそりと目立たずに行動してきた。秋吉みたいにいきなり長々と車の話をして女子に引かれたこともないし、瀬戸みたいに授業中《じゅぎょうちゅう》に何度も何度も手を挙げて先生に質問《しつもん》して授業を長引かせ、クラスのみんなのブーイングを受けたこともない。

だから、仁菜とも距離《きょり》を置《お》いた。仁菜はどう考えても目立つタイプだからだ。

そうやって、おとなしくしていれば、安全だから。だれのことも傷《きず》つけずに済《す》むし、だれからも傷つけられずに済む。

それなのに、仁菜は。ニケを拾ったあの日から、ぼくの日常《にちじょう》にズカズカ入りこんできて、いまだって学校でのぼくの立場をおびやかそうとしてる。

「……なんなんだよ」

「え？　なに？」

仁菜にとってはなんてことないようなことかもしれないけど、ぼくにとっては一大事なんだ。

塾《じゅく》の道具もいっしょに入った、ランドセルが重い。仁菜のなにも背負《せお》っていない薄《うす》っぺらい肩《かた》が妬《ねた》ましい。

仁菜はいま学校にも行っていないし、ぶらぶらするばかりで、毎日ひまを持てあましているんだろう。そのいいひまつぶしに、ぼくは付《つ》き合《あ》わされているんじゃないのか？　そんな勝手な理由で、ぼくの日常《にちじょう》は壊《こわ》されてもいいのか？

「今日は、忙《いそが》しいから、ダメ」

「えーなになにそれ！　忙しいってなに？　ニケが忙しいわけじゃないんだから、遊ぶくらいいいじゃない！」

「よくない。無理《むり》なものは、無理だから」

仁菜の横を素通《すどお》りして、家まで早足で歩く。

忙しいからダメ、無理なものは無理。よく母さんが言うセリフだ。言われるたびに、なんだよそれってぼくも思う。思うくせに、仁菜に対して同じことを言っている。

「ちょっと、げんちゃんってば！」

「うるさいな！」

玄関《げんかん》までついてきた仁菜に、思わず、言ってしまった。仁菜が一瞬《いっしゅん》ひるみ、だまる。

それを見て、いまだ、もっと言わなくちゃ、という謎《なぞ》の思考回路に、カチッとスイッチが入った。

「いつまでもいつまでもうちに来て、迷惑《めいわく》なんだよ！　だいたいいつまでこんなの続《つづ》けるつもりだよ。それなら最初《さいしょ》から、おまえがニケを飼《か》えばよかっただろ！」

言っているそばから、後悔《こうかい》した。でもいまさら撤回《てっかい》なんてできなかった。そもそも仁菜の顔すら見られないぼくに、すぐに謝《あやま》る勇気《ゆうき》なんてないのだ。

「げんちゃんのバカ！」

仁菜は手に持っていた袋《ふくろ》をぼくの足もとに投げつけた。ビニールの中から、チリン、とかすかに鈴《すず》の音が聞こえる。なんだよこれ、と問いただす前に、仁菜は背中《せなか》を向けて走り去った。

泣《な》いていたのか、怒《おこ》っていたのか、それすらもわからない。走ってもいないのに、ぼくの心臓《しんぞう》はうるさいぐらいばくばくと大きな音で鳴っていた。

仁菜の足音が完全《かんぜん》に聞こえなくなり、ぼくの心臓の音がだんだんと治《おさ》まるまで、ぼくはただそこに突《つ》っ立《た》っていた。それからのろのろとしゃがんで、仁菜が投《な》げ捨《す》てていった袋を拾う。思ったよりも、重かった。

中を見る気にもなれず、ぼくは玄関《げんかん》の鍵《かぎ》を開けると、下駄箱《げたばこ》の上に袋《ふくろ》を置《お》いた。リビングに入ると、ニケがきょとんと首をかしげてぼくを見ている。ぼくはケージのドアを開けてニケを出すと、そこらへんにランドセルを放り投げ、ソファにごろんと横になった。

母さんが見たら、ランドセルは自分の部屋にかたづけなさい、と怒《おこ》るだろう。でも母さんはいない。そもそも母さんがぼくより早く帰っていたら、あそこで瀬戸と仁菜が会うことはなかったんだ。

ぼくは明日《あした》、瀬戸と会ったらなんて言おうか考えて、また暗い気持ちになった。

どうせ仁菜は、すぐにけろっとした顔をしてうちにやってきて、ニケと遊びだすんだろう。やきもきしているのはいつもぼくだ。ぼくばっかり。だれもぼくの気持ちなんて知らないし、考えてすらくれない。

「にゃあん」

ケージから出してからいっさい構《かま》っていなかったというのに、ニケが高い声で鳴きながらそばに寄《よ》ってきた。ソファに横になったままのぼくの枕《まくら》もとに、しっぽをゆらゆら揺《ゆ》らしながら近づいてくるのが目の端《はし》に映《うつ》る。

そのままじっとしていると、肩《かた》から体の上に登ってきて、すんすんと鼻を鳴らしてかぎ回った後、ぼくのお腹《なか》の上でふうん、と息を吐《は》いた。

そっと手をのばしてニケをなでる。いつもどおりのふわふわの毛並《けな》みがあった。なでていると、自分でも気になってしまったらしく、しきりに毛づくろいをしはじめる。ひまがあると毛づくろいばかりしているニケ。こんなときでもふわふわのニケ。ぼくの気持ちも知らず、お腹の上でリラックスしきっているニケ。

そんなニケをなでているうちに、ぼくもいつの間にかソファで寝《ね》てしまっていたみたいだ。母さんと陽向の奇声《きせい》で起こされたときには、すでにお腹の上にニケはいなかった。

それからぼくは、ランドセルをかたづけもせずにソファでうたた寝をしていたことを母さんに怒《おこ》られた。そして玄関《げんかん》にあった袋《ふくろ》について聞かれたけれど、知らないって言《い》い張《は》った。

でも中身は猫用《ねこよう》のおもちゃだったから、仁菜だろうってすぐにわかってしまった。そう、猫用のおもちゃだったんだ。しかも百円ショップとかの安物じゃない、ちゃんとしたペットショップで売ってるやつ。

四角い箱の上に、ぐにょんぐにょん曲がる棒《ぼう》がのびていて、その先にネズミみたいな丸いおもちゃと鈴《すず》がついている。猫《ねこ》がちょんちょん触《さわ》って遊ぶものだった。

夕飯時《ゆうはんどき》、仁菜が持ってきたおもちゃは、ケージの横に置《お》かれていた。ニケはものめずらしそうに、少し首をかしげてネズミのおもちゃを眺《なが》め、おもむろに手を出してはたいた。

すると鈴の音にびっくりしたらしく、走って台所まで逃《に》げた。よっぽどびっくりしたのか、口を開け、ハアハアと肩《かた》で息をしている。

大げさねえ、と母さんと陽向が笑《わら》う。ぼくはそんなニケを見ても笑う気持ちになれなかった。

ぼくはニケのケージの上に何気なく置かれたペットショップの袋《ふくろ》を見た。車じゃないと行けない距離《きょり》にあるショッピングモール内のペットショップだ。週末《しゅうまつ》に買いに行ったのだろうか。忙《いそが》しくて、猫を飼《か》うことに反対の、雅《みやび》さんをわざわざ連《つ》れだして。

わくわくしていたんだろうな。仁菜のことだから、これを買ってからずっとニケの反応《はんのう》を楽しみにしていたに違《ちが》いない。周《まわ》りのこと、たとえば瀬戸がいようがいまいがそんなの目に入らないくらい、夢中《むちゅう》でおもちゃのことを考えていたんだろう。

おまえがニケを飼《か》えばよかった、なんて言われて、仁菜はどう思ったかな。

やっぱり仁菜でも、傷《きず》ついたのかな。

「ほら玄太、もうご飯《はん》だからニケしまって」

ぼくは母さんの声ではっと我《われ》に返った。気がつけばすっかり夕飯ができあがり、台所からいいにおいがしている。

台所に逃《に》げたニケを、わきの下に手を入れて持ち上げた。無抵抗《むていこう》で抱《だ》っこされたニケの足がだらんとたれ下がり、ぽんと張《は》ったお腹《なか》が目立つ。ぺらぺらの薄《うす》い肋骨《ろっこつ》越しに、ばくばくと心臓《しんぞう》が動いているのがわかった。

父さんはもう反省《はんせい》しておやつをあげるのはやめたと言っていたのに、全然《ぜんぜん》お腹のぽよぽよがなくならない。胸《むね》にはお肉がついていなくて、むしろちょっと骨《ほね》ばってるくらいなのに、ほんと、変《へん》な体つきだ。

「今日はハンバーグよ～」

「ハンバーグ！」

すでにお子様いすに座《すわ》らされていた陽向が、お笑《わら》い芸人《げいにん》をまねて大声を出す。

「お父さんにはちょっと足りないから、三人で全部食べちゃお〜」

母さんがさらっとひどいことを言い、意味はわかっていなさそうなのに陽向のテンションがさらに上がった。

ぼくはニケをケージに入れて、いそいそと食卓《しょくたく》に着く。父さんには悪いけど、ぼくもハンバーグが大好《だいす》きなんだ、こうしちゃいられない。

「父さんのご飯《はん》はどうするの」

「今日遅《おそ》くなるかもって言ってたから、その場合は外で食べてきてもらえばいいよ。まあ早く帰ってきたら、この前おばあちゃんにもらった冷凍《れいとう》ホタテでも炒《いた》めるから大丈夫《だいじょうぶ》！」

母さんが大皿でドンッとハンバーグをテーブルに置《お》き、ぐっと親指を立てる。ぼくもぐっと親指を立ててうなずいた。陽向もまねしようとしているが、人差《ひとさ》し指《ゆび》しか立てられないでいる。

いただきます、の前に、ぼくはちらっとニケを見た。ニケはお腹《なか》を投げだして寝《ね》ている。

まあすぐに仁菜も機嫌《きげん》を直して、しれっと遊びに来るだろう。そのときはいっぱいおもちゃで遊んであげるんだぞ、ニケ。

ハンバーグにすっかり気をよくしたぼくは、都合よくそんなふうに考えながら箸《はし》を取った。

次の塾《じゅく》の日、約束通りぼくは瀬戸にアイスをおごり、突如《とつじょ》起きた重大事件《じけん》は、無事《ぶじ》に解決《けつ》した。登校拒否《きょひ》の危機《きき》から脱出《だっしゅつ》してひとまず安心したぼくだったが、ずっと安心してはいられなかったんだ。

だって、その日からぴたっと、仁菜が家に来なくなったから。

ぼくの発言で、完全《かんぜん》にヘソを曲げてしまったのかもしれない。学校にも来ないし、会う機会も話す機会もなくて本当のところはわからないけれど、木曜になっても金曜になっても、そして土日に入っても、仁菜が家のチャイムを鳴らすことはなかった。

そうこうしているうちに、またも重大な事件が起こる。今度の今度は、正真正銘《しょうしんしょうめい》、大事件だった。

# 第6話

# ぼくたちとニケ

木曜日、唯一《ゆいいつ》習いごとがない平日、秋吉《あきよし》が口でおこなう一方的《いっぽうてき》な車のエンジン音クイズに適当《てきとう》に答えながら帰っていると、家の前で母さんが慌《あわ》ただしく車と玄関《げんかん》を行ったり来たりしながら、出かける準備《じゅんび》をしているみたいだった。秋吉に別《わか》れを告《つ》げて近づくと、母さんはあせったようすで、陽向《ひなた》を助手席《じょしゅせき》のチャイルドシートに座《すわ》らせて、シートベルトを締《し》めていた。

「どっか出かけるの？」

「あ、玄太《げんた》！　ちょうどよかった、いまから行くわよ！」

「行くって、どこに」

保育園《ほいくえん》やパート先にはいつも自転車や歩きで行っているため、平日に母さんが車に乗ることはほとんどない。いったいどこへ行くのだろう。

「とにかく、早く乗って！」

「ランドセル置《お》いてくる」

「いいから！」

いつもだったら、遊びに行く前にランドセルは置いていきなさい、どうせどっかにすぐ忘《わす》れちゃうんだから、と言うくせに、今日ばかりはそれも言わない。

だいたいランドセルなんて重いもの、よっぽどのことがなきゃ忘れないのにな。たった一回だけ、ほんとにたった一回だけ、一年生のとき、仁菜《にな》の家に忘れたのを、何年経《た》ってもずっと言《い》われ続《つづ》けているんだ。

後ろの席《せき》に乗りこむと、そこにはニケのキャリーが置いてあった。

「ニケ？　どっか連《つ》れてくの？」

使うのは二回目なので、まだピカピカの新品だ。

「動物病院、連《つ》れてくから！」

バン、と派手《はで》な音を立てて、母さんが運転席のドアを閉《し》める。母さんのあせった口調に、なにかあったんだろうかと不安《ふあん》になる。横からそっと、キャリーをのぞきこんだ。

「……ニケ、どうかしたの？」

ニケのようすが、明らかにおかしい。苦しそうに口を開いて呼吸《こきゅう》をしている。ぽこんとふくらんだお腹《なか》が、今日はやけに目立つ。半分開いた目は、どこを見ているのかわからなかった。

ついこの前、ワクチンを打つために連れていったときは、キャリーに入れられるのを嫌《いや》がって、入り口の格子《こうし》の隙間《すきま》から一生懸命《いっしょうけんめい》前足をのばしていたニケ。いまは立ち上がる気力すらないように見えた。

「家に帰ったら倒《たお》れてて……熱中症《ねっちゅうしょう》とかじゃないといいけど！　そんなに部屋も暑くなかったんだけどなあ」

あせったようすの母さんが、半分独《ひと》り言《ごと》みたいに状況《じょうきょう》を説明《せつめい》してくれる。

「今日はお父さん遅《おそ》い日だったっけなあ……連絡《れんらく》だけしといたほうがいいよね。もしほんとに熱中症《ねっちゅうしょう》になっちゃってたらどうしよう、かわいそうなことしたなあ……ああ、お財《さい》布《ふ》にいくらお金入ってたっけな」

母さんはなおもブツブツとしゃべり続《つづ》けていた。昔から母さんはあせると全部言葉に出ちゃうんだ。こんなとき、父さんはよくそんな母さんを笑《わら》って、落ち着かせてくれるんだけど、まだ父さんは帰ってきていない。

ばくばくと、ぼくの心臓《しんぞう》も速くなってくる。まさか、まさかだよな。

音を立てないようにゆっくりとキャリーのふたを開け、おそるおそる手をのばし、呼《こ》吸《きゅう》といっしょに上下するお腹《なか》にそっと触《さわ》る。ふだんから湯たんぽみたいにぽかぽかと温かいニケの体だが、今日はびっくりするくらい熱《あつ》かった。いつもはさらさらでふかふかの毛《け》並《な》みも、今日はじっとりと汗《あせ》ばんでいるようにしめっている。

あんなに毛づくろいが大好《だいす》きなニケなのに、こんなにしめっているなんて、やっぱりどこかおかしいんだ。そう気づくと、急に不安《ふあん》になってくる。

ニケ、大丈夫《だいじょうぶ》なんだよね？　また病院でぷくって背中《せなか》にお水を入れてもらえば、すぐに元気になるんだよね？

陽向は状況《じょうきょう》をわかっているのかいないのか、いやにおとなしくしていた。それが逆《ぎゃく》に事の重大さを表しているようで、ぼくまであせってしまう。本当は父さんみたいに、母さんを笑《わら》うくらいの余裕《よゆう》がほしいのに。

大丈夫《だいじょうぶ》、きっと大丈夫、また先生が助けてくれる……。

根拠《こんきょ》なんてなにもないけど、ぼくは必死《ひっし》に自分に言い聞かせた。ニケは全然《ぜんぜん》大丈夫じゃなさそうな顔で、荒《あら》い呼吸《こきゅう》を繰《く》り返《かえ》していた。

病院に着くと、まだ午後の診察《しんさつ》開始の時間になっていなかった。診察は五時からなのに、少し早めに着いてしまったのだ。

受付《うけつけ》はしてもらえるというので、母さんが「子猫《こねこ》がぐったりして動かない」と受付のお姉さんに伝《つた》える。すると、近くで聞いていたのか、すぐに先生が奥《おく》から出てきて診察室に案内《あんない》された。

「あの、もういいんですか」

「いいですよ。大変《たいへん》な病気だったら困《こま》るので、すぐに診《み》させてもらいますね」

色白の先生は、にこっと笑《わら》ってニケが入ったキャリーを受け取った。診察台《しんさつだい》の上でふたを開け、横たわるニケを見る。急に、真剣《しんけん》な表情《ひょうじょう》になった。あの日、拾った日、同じようにに横になっているニケを見ても、ずっと優《やさ》しい顔をしてたのに。今日はなんでそんな顔するんだよ、先生。

「いつからこういうようすですか？」

「今朝はこんなじゃなかったんですけど……さっき、仕事から帰ってきたらぐったりしていて」

「そうですか……。まずは体重、量りましょうか」

静《しず》かに部屋に入ってきた看護師《かんごし》さんが、キャリーを床《ゆか》に下ろし、横たわるニケをそっと抱《だ》き上《あ》げる。

ピピッと音が鳴り、診察台の隅《すみ》に体重が表示《ひょうじ》された。

「一・八キロですね。一か月で、けっこう増《ふ》えましたね。ご飯《はん》はよく食べてましたか？」

「そんなにたくさんは……最近《さいきん》、午前中はあんまりご飯の食べはよくなかったです」

「寝《ね》ている時間が増えたりしましたか？」

「そういえば……」

「増《ふ》えたよ」

ぼくが思わずそう言うと、先生と目が合った。

「疲《つか》れやすくなったとかはある？　いままでできたことができなくなったりとか」

「走るとすぐに口開けてはあはあ言ってた。遊ぶのも、すぐにやめちゃって」

「そっか」

先生は話を聞き終わると、聴診器《ちょうしんき》を取った。胸《むね》、お腹《なか》と、順《じゅん》に当てていく。

「胸はがりがりなのに、お腹だけふくらんでいますね。こういうときは、お腹に水がたまっている可能性《かのうせい》が高いです。体重も、食べていない割《わり》には増えているので、お腹の水で増えているのかもしれません」

「お腹に、水？」

ぽこんとふくらんだお腹を見る。太っていたんじゃなかったのか。

「なんでお水がたまるんですか」

「いまの時点ではわかりません。お腹の中身を含《ふく》め、検査《けんさ》させてもらってもいいですか？

最低《さいてい》でも血液検査《けつえきけんさ》と、エコー検査をさせてください。もし水がたまっていたらエコーを当てながら針《はり》をお腹《なか》にさして抜《ぬ》きます。その場合は、お腹の水の検査もする必要《ひつよう》がありますす」

「わかりました……」

「少し時間がかかりますので、待合室でお待ちくださいね」

そう言った先生は、やっぱり真剣《しんけん》な顔をしていた。

「あの、すいません、だいたいおいくらぐらいかかりますか？　あわてて来たので手持ちが不安《ふあん》で、あれだったら待ってる間におろしてきます」

「そうですね、今日の内容《ないよう》だと二万以上《いじょう》はかかりますね……二万、うーん、念《ねん》のため三万見ておけば、足りると思います」

「わかりました」

母さんはうなずくと、陽向の手を引いて診察室《しんさつしつ》を出た。ぼくも背中《せなか》をぽんと押《お》される。

三万円って、すごい高い。母さんのことだから、それは高すぎるだの、なるべく安めでお願《ねが》いしますだの、余計《よけい》なことを言い始めるかと思ったけど、今回ばかりはなにも言わなかった。いつもは部屋じゅうを歩き回っていろんなものを触《さわ》ろうとする陽向も、母さんと手をつなぎおとなしくしている。

それが逆《ぎゃく》に、ぼくには怖《こわ》かった。

苦しそうだったニケ。病院に連《つ》れてこられていることも、たぶんわかってない。お腹《なか》に水がたまるなんて、よくわからないけどきっと普通《ふつう》じゃないことなんだろう。先生だって今日は全然笑《ぜんぜんわら》っていなかった。いったい、ニケはこれからどうなっちゃうんだろう。

「ちょっと、コンビニ行ってお金おろしてくる。あんたどうする?」

「ここにいる」

「わかった。いい子にしてるのよ」

母さんは陽向を連れて病院を出ていった。コンビニは道路を渡《わた》ったはす向かいにある。すぐに戻《もど》れる距離《きょり》だけど、なるべくニケから離《はな》れたくなかった。

窓《まど》ぎわにある長いすに座《すわ》るとふと、仁菜のことを思い出した。ニケを拾った日、このいすに座り、ニケの入った段《だん》ボール箱《ばこ》を大事そうに抱《かか》えていた仁菜。その後うちでご飯《はん》を食べ、そろそろ帰るという時間になっても、ずっとニケのことを気にしていた。

あのときも仁菜は、ニケとずっと離《はな》れたくないって思ってたのかな。もしかしたらいまでも、なるべくニケのそばにいたいって思ってるのかな。

それなのにぼくは、仁菜にひどい言葉をぶつけてしまった。それなら最初《さいしょ》から、おまえがニケを飼《か》えばよかっただろ、なんて。仁菜がそれをできない事情《じじょう》も知っていたのに。だれよりもニケを飼いたかったのは仁菜だって、わかっていたのに。

そのうちに母さんと陽向がコンビニから戻《もど》ってきた。陽向は待合室に置《お》いてあった動物が次々に出てくる絵本をぱらぱらとめくっている。母さんはそんな陽向が絵本のページを破《やぶ》ってしまわないか気にしながら、スマホをいじっていた。父さんに連絡《れんらく》しているようだった。

ぼくは、どうか取り返しのつかないことになりませんように、とひたすら祈《いの》り続《つづ》けた。ニケがこのまま元気にならなかったら、いったい仁菜にどんな顔をして会えばいいのだろう。

だんだんと待合室にほかのお客さんが増《ふ》えていく。クウちゃんみたいなプードルや、やたら低《ひく》い声でワンワン吠《ほ》える胴長短足《どうながたんそく》の犬。ニケみたいな子猫《こねこ》はいなそうだった。

十五分くらい待ち、陽向が絵本に飽《あ》きて母さんの腕《うで》の中で眠《ねむ》ったころ、看護師《かんごし》さんに呼《よ》ばれ、ぼくたちはまた診察室《しんさつしつ》へ入った。診察台の上にはニケが入ったキャリーが置《お》いてある。中でニケが少し動いているのが、横にあいた穴《あな》からちらっと見えた。もしかして、元気になったのかもしれないと、少し期待をしてしまう。

「お待たせしました」

看護師さんは診察室を出ていき、扉《とびら》を閉《し》めた。先生は白い紙を手に持っている。

「結論《けつろん》から言うと、ニケちゃんはあまりよくない状態《じょうたい》です」

「そうなんですか……」

先生はやっぱり、厳《きび》しい顔をしていた。もしかしたらにこっと笑《わら》って、調べてみたらたいしたことありませんでしたよ、なんて言ってくれるんじゃないかって思っていたけど、そんなことはなかったみたいだ。ぼくのほのかな期待は、がつんと砕《くだ》かれてしまった。

「やっぱり、ニケちゃんのお腹《なか》の中には水がたまっていました。抜《ぬ》いたものがこちらです。少し黄色くて、粘性《ねんせい》がありました」

「ねんせい？」

「液体《えきたい》がちょっととろっとしてるってことだよ」

先生はぼくにもわかりやすいように説明《せつめい》してくれる。

「かなり大量《たいりょう》に水がたまっていたせいで、食欲《しょくよく》がなかったのかもしれないですね。お腹《なか》に水がたまると、物理的《ぶつりてき》に腸《ちょう》などの消化管《しょうかかん》が圧迫《あっぱく》されて、動きが悪くなったり、苦しくなったりします」

お腹がぽんぽんだったのは、太ったからじゃなかったんだ。水がたまっていたなんて、思ってもいなかった。

「あとお預《あず》かりしてニケちゃんをじっくり診《み》てみましたが、白目や耳の裏《うら》がかなり黄色くなっていますね。これは黄疸《おうだん》といいます。肝臓《かんぞう》が悪くなると、人間でもなったりしますよね」

先生が持っていた紙をぼくたちに見せてくれた。そこには表みたいなものがあり、小さい字でいろいろと書いてある。その表のところどころが、赤字になっていた。

「それに、白血球がとても多いですね。白血球というのは、体の中にばい菌《きん》とかウイルスといった敵《てき》が増《ふ》えるとやっつけようとする兵隊《へいたい》さんみたいなものです。つまりニケちゃんの体の中で、悪いものと白血球が戦《たたか》っているということです」

「そんな……」

「この血液検査《けつえきけんさ》と腹水《ふくすい》、そしてニケちゃんの年齢《ねんれい》や症状《しょうじょう》を考えると、いちばん疑《うたが》わしいのは、猫伝染性腹膜炎《ねこでんせんせいふくまくえん》という病気です。よく、ＦＩＰ《エフアイピー》と略《りゃく》されます」

「はあ……」

ぼくはもちろん、母さんもよくわかっていないようだった。

「はっきり言って、あまり予後はよくありません」

「え？　じゃあ、ニケは治《なお》らないんですか？」

「そうですね……正直、とても厳《きび》しいです」

「え……」

先生の言葉に、心臓《しんぞう》がばくばく音を立て始める。よくないって、治らないって。なんだよそれ。

「それは、どういう病気なんですか」

「原因《げんいん》はウイルスです。だいたいの猫ちゃんが、コロナウイルスというウイルスを持っています。もともと少し下痢《げり》をするくらいで、そうあぶないものではないんですが、このコロナウイルスが、なにかのきっかけで突然変異《とつぜんへんい》をしてしまうと、この病気が発症《はっしょう》するといわれています。突然変異したコロナウイルスのせいで、免疫系《めんえきけい》の細胞《さいぼう》が暴走《ぼうそう》して、自分の体まで壊《こわ》してしまうんです」

「そんな……」

突然変異とか、暴走とか、そんなゴジラじゃあるまいし。

テレビの中みたいなことが、ニケの中で起こってるだなんて、信《しん》じられなかった。

「コロナウイルスが突然変異するきっかけはよくわかっていません。ニケちゃんみたいにまだ小さくて抵抗力《ていこうりょく》の低《ひく》い子、高齢《こうれい》の子、あとは多頭飼育《たとうしいく》などでストレスのある子に起こりやすいとはいわれていますが。そして治療法《ちりょうほう》も……いまのところありません。苦しければ水を抜《ぬ》いて、なるべくご飯《はん》を食べさせて、免疫を落ち着かせるお薬を使います。それでも、すぐに亡《な》くなってしまう子がほとんどです」

「すぐにって……ニケ死んじゃうんですか?」

「もしニケちゃんが本当にＦＩＰ《エフアイピー》なら、あまり長くは生きられない可能性《かのうせい》が高いです。ニケちゃんくらいの子だと、体力もないので、早くて……一週間とか、十日とか、そのくらいの命かもしれません」

「ほんとですか……？」

「もちろん、まだこの病気だと決まったわけではありません。くわしい診断《しんだん》のために、今日取った腹水《ふくすい》の遺伝子検査《いでんしけんさ》をさせてください。このお腹《なか》の水の中から変異《へんい》したコロナウイルスが見つかれば、ほぼＦＩＰ《エフアイピー》と確定診断《かくていしんだん》できます」

「わかりました……」

陽向はもちろんだけど、ぼくも母さんも、先生の説明《せつめい》を全部理解《りかい》できたわけじゃなかった。でもニケがなにか大変な病気かもしれない、そしてもしかしたら死んじゃうかもしれない、ということは、先生の表情《ひょうじょう》でわかった。

結局《けっきょく》その日は、ニケに飲ませる薬をもらって帰った。検査結果《けんさけっか》はまだ出ていないけれど、結果が出るのを待ってから薬を飲ませるより、すぐに飲ませたほうがいいと先生が判断《はんだん》したのだ。

チャイルドシートでぐっすり眠《ねむ》る陽向はともかく、ぼくも母さんも、帰りの車の中でなにもしゃべらなかった。

ぼくはとなりに乗せたキャリーの中のニケを見る。お腹《なか》の水を抜《ぬ》き、薬も注射《ちゅうしゃ》してもらったからか、行きよりも少しだけ落ち着いたようすのニケ。いまはしっかりと目を閉《と》じ、うつぶせで寝《ね》ている。

起こさないように音を立てないように気をつけながらキャリーのふたを開ける。そっとニケをなでると、行きよりかは少し熱《ねつ》が下がっているような気がした。でもやっぱり、ふだんのふわふわのニケじゃない。

ニケがあと一週間足らずで死んじゃうかもしれないだなんて、やっぱり信《しん》じられなかった。だって昨日《きのう》まではご飯《はん》も食べていたし、ちょっとだけなら猫《ねこ》じゃらしでも遊んでいたというのに。いつもみたいに、食後の毛づくろいだって念入《ねんい》りにしていた。

でも、本当は苦しかったのかな。ぽんぽんのお腹を抱《かか》えて、ニケなりに苦しさを伝《つた》えようとしていたのかもしれない。ぼくはそんなニケに気づいてあげられなかった。食欲《しょくよく》がなくなって、だんだん走り回らなくなっていたのに、大きくなったからだ、なんて言ってすませてしまっていた。

仁菜だったらどうだったかな、と考えた。仁菜がニケを見ていたなら、変化《へんか》にもっと早く気づけていたかも。もっと早く病院に連《つ》れていっていたならば、ニケはこんなに苦しむことはなかったかも。

その仁菜を、ニケから遠ざけたのは、だれでもない、ぼくだ。ぼくが仁菜にひどいことを言ったから、仁菜はうちに来なくなった。ニケに会いに来られなくなった。

ぼくのせいだ。ぼくのせいで、ニケはいま、苦しんでいる。

全部、全部、ぼくのせいだ……。

その夜、ニケは少しだけ水を飲み、病院でもらった缶詰《かんづめ》のご飯《はん》を食べた。少し体を起こして、座《すわ》ろうとするような動きもしていた。

もしかしたらニケはそんな難《むずか》しい病気じゃなくて、一時的《いちじてき》に具合が悪くなっただけで、このままよくなるんじゃないか。来週にはけろっとした顔で走り回るんじゃないか。そんな期待が、頭の中に浮《う》かんでくる。あの先生が実はとんだヤブ医者で、診断《しんだん》なんて外れていればいいのにな、なんてことまで考えてしまう。

母さんからの連絡《れんらく》を受け、いつもより早く帰ってきた父さんは、夜遅《よるおそ》くまで母さんと話し合っていた。

早く寝《ね》なさい、と言われ、早々に自分の部屋に戻《もど》らされたけど、とても眠《ねむ》れそうにない。ベッドの上で横になってるだけで体は休まるから、と眠れないとき必《かなら》ず母さんに言われるから、とりあえずは横になってみているけれど、目をつぶっても開いても、ニケの顔がちらついてしまう。

仁菜の持つ段《だん》ボール箱《ばこ》の中で、薄汚《うすよご》れてもじもじと動いていたニケ。シャンプーをして泥《どろ》を落としたら、三毛猫《みけねこ》なことが判明《はんめい》したニケ。最初《さいしょ》は口もとに注射器《ちゅうしゃき》を持っていかないとうまくミルクが飲めなかったのに、あっという間にキャットフードもバリバリ食べられるようになった。

いきなりテーブルの上に現《あらわ》れて、家族みんなを驚《おどろ》かせたこともあった。猫じゃらしに夢《む》中《ちゅう》になってジャンプして、着地に失敗《しっぱい》してフローリングをすべってみんなに笑《わら》われたことも。陽向といっしょに部屋じゅうを駆《か》け回《まわ》って運動会をしたり、丸まっていっしょに昼寝をしたり。陽向に捕《つか》まってもみくちゃにされた後は、必ずちょっと不満《ふまん》そうな顔で毛づくろいをしてたっけ。とにかくきれい好《ず》きで、気がつくと毛づくろいをしていた。

そして、だんだんと動かなくなったニケ。朝《あさ》ご飯《はん》を残《のこ》し、昼寝《ひるね》ばかりをするようになった。よく考えたらそのころから、陽向といっしょに寝るんじゃなくて、自分のケージに帰ってひとりで丸まって寝ることが増《ふ》えた。

苦しくて、ひとりになりたかったのかな。ぼくには、気づいてあげることができなかった。

じわっと涙《なみだ》がにじみそうになり、ぼくはあわてて起き上がった。

もう寝よう。こういうときは、トイレに行って、お茶を飲むと案外《あんがい》すぐ寝つけたりするんだ。

ぼくは立ち上がり、部屋を出た。リビングの明かりはついているけれど、話し声は聞こえない。もう母さんは寝たんだろうか。

リビングのドアを開けると、父さんがソファにひとり、座《すわ》っていた。ふだんは家であまり開くことのない、仕事用のノートパソコンを開いている。

「玄太、まだ起きてたのか」

「うん」

父さんにならば、夜ふかしを怒《おこ》られることはない。ぼくは安心してリビングに入ってドアを閉《し》める。

「まあ、寝《ね》られないか……」

「うん」

台所へ行き、冷蔵庫《れいぞうこ》を開けて麦茶のポットを取りだす。

「びっくりだよな、ニケがそんな重い病気かもしれないだなんて……気づいてあげられなくて、かわいそうなことしたなあ。仁菜ちゃんにも、話さないとだな」

「……うん」

「玄太、仁菜ちゃんに話せるか？　今度病院に連《つ》れていくときは、いっしょに行きたいだろう、あの子のことだから」

ぼくは返事ができず、ただだまって水切りかごに伏《ふ》せてあったプラスチックのコップを取った。

「……玄太？」

父さんが近づいてくる。ぼくは父さんのほうを向けなかった。

「そうだよな、玄太からは説明《せつめい》しにくいよな。だったらとりあえず、土曜にうちに来てもらって……」

「……ぼくのせいなんだ」

父さんの言葉を、さえぎった。

ぼくはニケの眠《ねむ》るリビングのケージに目を向けられないでいる。

「ぼくが、逃《に》げたからいけないんだ……ぼくのせいでニケが病気になったんだ」

言葉にしたら、心臓《しんぞう》がぎゅってぞうきんみたいに絞《しぼ》られたように苦しくなって、我慢《がまん》していた涙《なみだ》がぼろぼろとシンクに落ちていった。ボタ、ボタ、とシンクがまぬけな音を立てる。

ぼくがあんなことを仁菜に言わなければ、仁菜は変《か》わらずうちに来て、ニケと遊んでいただろう。仁菜なら、病気にもっと早く気づけたはずだ。だからニケが病気になったのは、ぼくのせいなんだ。

「どういうことだ?」

父さんが後ろに立つ気配がする。あとからあとから、涙《なみだ》が落ちる。

「どうしてそう思うか、話してごらん。ちゃんと聞くから」

父さんが優《やさ》しい声を出すから、ぼくはついに限界《げんかい》を迎《むか》えた。父さんに抱《だ》きついて、陽向みたいに泣《な》きじゃくってしまったんだ。

それから、ぼくはすべてを父さんに話した。仁菜にひどいことを言ってしまったこと。仁菜ならきっとニケの異変《いへん》にもっと早く気づけただろうこと。

ソファにふたりで並《なら》んで座《すわ》る。父さんが開きっぱなしにしていたノートパソコンの画面が目に入った。そこには、猫伝染性腹膜炎《ねこでんせんせいふくまくえん》とは、と書かれたサイトが開かれていた。父さんも母さんから話を聞いて、いろいろと調べたり考えたりしていたんだろう。

しゃくりあげながらたどたどしく話すぼくの話を聞いた後、父さんは話してくれた。

「まあ、あれだ、父さんから言いたいことはふたつだ。まずひとつめ。ニケが病気になったのは、玄太のせいなんかじゃないよ、絶対《ぜったい》に」

父さんが台所から持ってきた麦茶をコップについでくれる。

「母さんから話を聞いて、病気についていろいろと調べてたんだ。いろんなサイトで、いろんな人がこの病気について書いてるけど、やっぱりどれも、あんまりいいことは書いてない。病院の先生が言うとおり、死んじゃうことの多い病気みたいだ」

死ぬ、という言葉に、また心臓《しんぞう》がぎゅんと苦しくなる。

「特《とく》にニケみたいな子どもだと、進行も早いみたいだ。でも早く見つけたからといって治《なお》せるような病気じゃない。確《たし》かに、仁菜ちゃんがうちに来てくれていたなら、ニケの不《ふ》調《ちょう》にもっと早く気づいたかもしれない。でもニケの中でウイルスが変異《へんい》してしまって悪さをしているのなら、それを止めることは仁菜ちゃんにだってできないことなんだよ。もちろん玄太にも、どうにもできないんだ。だから、玄太のせいじゃない。そのことを玄太が悩《なや》む必要《ひつよう》はないんだよ」

ぼくのせいじゃない……父さんの声が、やけに力強く響《ひび》いた。

いつもは母さんに合わせてあんまり自己主張《じこしゅちょう》をしない父さん。偽物《にせもの》のビールをだまっておいしそうに飲む父さん。ハンバーグの代わりにホタテをうれしそうに食べる父さん。あんまりにも不器用《ぶきよう》で、ニケも陽向もうまく寝《ね》かしつけられない父さん。

そんな父さんの言葉が、今日はうれしい。

「ふたつめは、仁菜ちゃんにすぐに謝《あやま》ってニケに会いに来てもらうこと。これはもう、絶《ぜっ》対《たい》だ。明日《あした》仁菜ちゃんちに行って謝れ」

「うん……」

ぼくもそうすべきだって、頭ではわかっていた。もしかしたらニケはあと一週間しか生きられないかもしれないんだ。ぼくがためらっている時間なんて残《のこ》っていなかった。

「気持ちはわかるよ。父さんも玄太くらいの年のころは、女子と自然《しぜん》にしゃべれるタイプじゃなかった。男女だれとでもしゃべれる友達《ともだち》のことがうらやましかったな」

「そうなんだ」

「中学のときクラスの女子に告白《こくはく》されて、初《はじ》めて彼女《かのじょ》ができたんだけど、どうにも照《て》れ臭《くさ》くてさ……仲《なか》いい男友達にも言えなくて、学校ではいままでどおり話しかけないでくれって言ってあったんだ。でもある日彼女が、私《わたし》と付《つ》き合《あ》ってるのはそんなに恥《は》ずかしいことなのか、ってブチ切れてさ。あっけなく振《ふ》られたよ」

「ええ……」

父さんのちょっと恥ずかしい過去《かこ》の話なんて、初耳《はつみみ》だった。

「周《まわ》りから冷《ひ》やかされるのが嫌《いや》で、わが身かわいさに、彼女《かのじょ》の気持ちなんてまるで考えなかった。ああ、悪いことしたなって思ったのは、大人になってからだったよ。でもそのときはそんなふうには考えられなくてさ、すっかり被害者《ひがいしゃ》ぶって、腹《はら》が立ったり、へこんだり、まあ複雑《ふくざつ》な気持ちだった」

父さんの話が、ちくちくと刺《さ》さる。状況《じょうきょう》は違《ちが》うけど、相手を傷《きず》つけたのはおんなじだ。結局《けっきょく》ぼくだって、周りの目を気にするあまり、仁菜の気持ちを考えられなくなって、ひどいことを言ってしまったんだ。

「当時謝《あやま》れなかった俺《おれ》が言うのもなんだけど……自分がなにをすべきか、わかるよな。いま仁菜ちゃんがニケに会えないまま、もしもニケが死んでしまったら、一生取り返しがつかない」

ぼくは横たわって眠《ねむ》るニケを見た。死んだら、なんて本当は考えたくないけど、タイミングは逃《のが》しちゃいけない。

「男には腹をくくらなきゃいけないときがある。玄太、それはいまだ」

最近《さいきん》ハリウッド映画《えいが》にはまって夜な夜な見ているらしい父さんは、最後はちょっとだけ気取ってそう言った。最後の一言はちょっと余計《よけい》だな、とぼくはこっそり思った。

「じゃ、指切りげんまん。これは男の約束《やくそく》だぞ」

「わかった」

「よし、じゃあ今夜は飲もう！」

ぼくたちは指切りげんまんをした後、麦茶で乾杯《かんぱい》をした。ふだんは、夜中にトイレに行きたくなるから寝《ね》る前は一杯だけよ、と母さんに言われているけれど、今日はお腹《なか》ががばがばになるまで飲んだ。そしてふたりで交互《こうご》にトイレに駆《か》けこんで、いっぱいおしっこをした。

それからぼくたちは、ニケにおやすみを告《つ》げた。眠《ねむ》っているニケをそっとなでる。大きくなったお腹のせいで、背中《せなか》は毛づくろいするのがきついのか、ちょっとだけべたついていた。ニケはだらんと足をのばして横になったまま、薄目《うすめ》を開けてぼくたちを見ていた。

次の日、朝学校へ行く前に、ぼくは仁菜の家のチャイムを鳴らした。返答はない。雅《みやび》さんの車がないから、もう出勤《しゅっきん》してしまったのかもしれない。

仁菜ひとりのときは、チャイムに出ないのかも。それでも、なんとかして仁菜に伝《つた》えなければならない。

「仁菜！　仁菜！」

玄関《げんかん》のドアをたたいて、声を張《は》り上《あ》げる。ちょっと前のぼくなら、絶対《ぜったい》しなかっただろう。

少ししてから、玄関のドアがゆっくりと開いた。頭の三倍くらいある髪《かみ》の毛《け》が揺《ゆ》れる。

仁菜はぼくが朝っぱらから訪《たず》ねてくるとは思わなかったのか、けげんそうな顔をした後に、思い出したようにむっとした表情《ひょうじょう》をした。口をキュッと結《むす》んで、いったいなにを言うつもりなんだ、と言わんばかりだ。なぜか目の周《まわ》りがパンパンにはれている。

「この前はひどいこと言ってごめん」

そんな仁菜に謝《あやま》るのは、緊張《きんちょう》した。でもここで逃《に》げちゃいけないんだ。だって、男には腹《はら》をくくらなきゃいけないときがあって、それはいまなんだから。

「それと、ニケの具合が悪いんだ。……よかったら会いに来てほしい」

ぼくはぎゅっと手をにぎる。怒《おこ》った仁菜は、雅さんほどではないけど、やっぱりど迫《はく》力《りょく》だ。でも、仁菜から目をそらしちゃいけないって思った。

「……許《ゆる》さない」

「う……」

絞《しぼ》りだすような仁菜の声が、お腹《なか》へのパンチのようにずどんと刺《さ》さる。

そりゃあ、そうだよな。ニケに会えない間にニケの具合が悪くなって、それがもしかしたら生死に関《かか》わる病気かもしれないなんてことになったら、うらむよな。

「……ごめん」

「会う前にニケが死んじゃったりしたら、一生げんちゃんのこと許さないつもりだった」

ふっと目をそらしたのは、仁菜だった。どんなこと言われてもしかたないって、覚悟《かくご》したのに。

「え……それって」

「今日、ニケに会いに行くから」

「う、うん」

それで、話は終わりみたいだった。玄関《げんかん》のドアがぱたっと閉《し》まった。

ぼくはちょっとだけ拍子抜《ひょうしぬ》けして、そしてかなりほっとした。

ニケのこと、もしかして雅さんからもう聞いているのかな。でもそれにしても、泣《な》いてかんしゃくを起こしてもおかしくなさそうなのに。

その日の放課後《ほうかご》、習いごとのプールを終え、急いで家に帰ると、すでに玄関には仁菜の靴《くつ》が置《お》かれていた。

リビングのドアを開けると、ニケのケージの前で座《すわ》りこんでいた仁菜が振《ふ》り返《かえ》る。真っ赤な目をしていた。ぼくはどきっとする。もしかして、ニケ、まさか。

駆《か》けよると、ゆっくりとお腹《なか》を上下させて眠《ねむ》るニケの姿《すがた》があった。よかった、まだ生きてる……ほっとした後、すぐに後悔《こうかい》する。

これじゃ、ニケがほんとにもうすぐ死んじゃうみたいじゃないか。

「昨日《きのう》病院から帰った後はちょっとだけご飯《はん》食べたんだけどね。今日は朝からほとんど食べてないみたい」

リビングで遊ぶ陽向をちらちらと気にしながら、台所で夕飯《ゆうはん》のしたくをする母さんが言った。声は平気そうだけど、母さんの目もちょっと赤い。ぼくも昨日《きのう》の夜さんざん泣《な》いたせいで、今日は半分くらいしか目が開かないくらいはれぼったいから、人のことは言えないんだけど。

「仁菜ちゃん、今日は夕飯食べていってね。雅には連絡《れんらく》してあるから。なるべくニケのこと、見てあげて」

「うん」

仁菜は全然《ぜんぜん》ニケのケージの前から動く気配がない。フローリングにぺたっと座《すわ》りこんでいる。いつもはバシバシ、ニケの写真や動画を撮《と》る仁菜だが、今日はさすがに撮っていないようだ。

「これ、使えば」

ぼくはソファの上にあったクッションを二個《こ》取って、ひとつを仁菜に渡《わた》した。もうひとつを仁菜のとなりに置《お》き、その上に座る。

「ありがと」

仁菜もクッションに座《すわ》った。

それからぼくたちは、夕飯《ゆうはん》ができるまで、じっとニケを並《なら》んで見つめていた。ときどき、手をのばしてニケをなでる。背中《せなか》のべたつきの範囲《はんい》が広がっている気がする。くしでといてあげたかったけれど、ニケの具合が悪そうなので、やっていいのかわからなかったから、また手を引っこめてニケを見つめることしかできなかった。

昨日《きのう》の夜はちょっとだけ首を上げたりしていたけれど、今日は目を閉《と》じて寝《ね》てばかりいる。昨日病院でお腹《なか》の水を抜《ぬ》いてもらい、少しだけお腹がへこんだのに、今日はまたちょっとだけ張《は》っている。言われたとおり、お薬も飲ませているのに、ニケはつらそうなままだった。

早ければ今日の夜、ニケの検査結果《けんさけっか》がわかるらしい。母さんのスマホに病院から連絡《れんらく》が入るはずだけど、もう連絡は来たのかな。

夕飯のときも、母さんはなにも言わなかった。ぼくも怖《こわ》くてなにも聞けなかった。だっていい知らせなら、秘密《ひみつ》にせずに言うはずだから。母さんのことだから、小躍《こおど》りして浮《う》かれながら、会う人全員に速攻《そっこう》しゃべるはずだ。

父さんは仕事で遅《おそ》かったので、夕飯《ゆうはん》は四人だった。陽向はテレビを見ながらひとりでしゃべっていたけれど、いつものむちゃくちゃな元気さはなかった。当然《とうぜん》、ニケが突然《とつぜん》テーブルに飛《と》び乗《の》って大騒《おおさわ》ぎになることもない。

静《しず》かな夕飯だった。


その夜も眠《ねむ》れなくて、ごろごろしていると、父さんが帰ってくる音に気づいた。そのままリビングに行ったようだ。

ぼくは父さんに男の約束《やくそく》を果《は》たしたことを伝《つた》えたくて、リビングに向かった。まだそんな遅い時間じゃないから、母さんに早く寝《ね》なさいって怒《おこ》られないだろう。

別《べつ》にこっそり話を聞くつもりなんてなかった。でもリビングの扉《とびら》に手をかけたとき、聞こえてきた言葉に、ぼくは凍《こお》りついたように動けなくなった。

「安楽死も、選択肢《せんたくし》のひとつだ、って……」

母さんの声だった。震《ふる》えて、変《へん》な声になっている。もしかしたら泣《な》いているのかも。

安楽死って、まさか……。

この前、安楽死って言葉がちょうど授業《じゅぎょう》で出てきたばっかりだった。国語の教科書の物語の中に出てきて、クラスで話し合ったんだった。

安楽死は、難《むずか》しい病気とかで、もう先が長くないときに、自分で死を選《えら》ぶこと。日本では認《みと》められていないけど、もちろんそれは人間の話だ。

もしかして、もしかして。

「ニケはまだ体が小さいから、助かる見込《みこ》みは相当低《ひく》いって。だったら苦しくないように、早めに安楽死を選ぶのもひとつの手ですって言ってた」

「ニケがその病気だって、まちがいないの？」

「先生が言うには、遺伝子検査《いでんしけんさ》の結果《けっか》から見ても、ほぼまちがいないだろうって」

「そうかあ……」

頭の先からつま先まで、体全部が心臓《しんぞう》になったみたいだ。リビングまで聞こえちゃうんじゃないかってくらい、ドック、ドックって心臓の音がする。

正直、ニケの病気のことは、よくわからない。昨日《きのう》の先生の話も、あんまり理解《りかい》できなかった。

でも、ニケの命がもう長くないってことは、ぼくでもわかった。長くないどころか、安楽死って話が出るくらい、さいごのさいごかもしれないってこと。

「子どもたちは、知ってるの」

父さんはいつになくまじめな声で、そう言った。ふだんは母さんの話をだいたい聞き流しながら偽物《にせもの》のビールを飲んでテレビを見ている父さんだけど、今日ばかりは違《ちが》った。

「ううん、まだ話してない。相談してからにしようって思って……」

母さんは、話しながらずっとはなをすすっていた。泣《な》いているんだ、と気づくのに、ちょっと時間がかかった。ぼくは母さんが泣いているのをいままで見たことがなかった。

「検査結果《けんさけっか》が出たんなら、みんなで話し合ってどうするか決めないといけないな。仁菜ちゃんや玄太にも、ちゃんと説明《せつめい》しないと」

「でももしそんなことになったら、受け入れられるかしら……たとえば玄太が学校に行っている間に病院に連《つ》れていって、先生にお願《ねが》いするっていうのはどう？　子どもたちには、その間に自然《しぜん》に息を引き取ったってことに……」

「真季《まき》ちゃん」

父さんの声は、たしなめるような、でも優《やさ》しい声だった。父さんが母さんを真季ちゃんって呼《よ》んでいるのも、初《はじ》めて聞いた。

「子どもたちはもう理解《りかい》できる年だと、俺《おれ》は思うよ」

「そっか……そうだよね」

それから母さんは、本格的《ほんかくてき》に泣《な》き始《はじ》めた。ぼくは急いで自分の部屋に戻《もど》った。

ベッドに寝《ね》っ転《ころ》がって真上を向いても、あとからあとから涙《なみだ》があふれてくる。

小さいニケ。三毛猫《みけねこ》のニケ。あくびをするとき、びっくりするくらい口が開くニケ。

もっとずっといっしょにいられるって思ってたのに、なんで。

土曜日、母さんは陽向をばあちゃんの家に預《あず》けに行った。

陽向と母さんはばあちゃんちで昼《ひる》ご飯《はん》を食べてくるという。さすがに陽向を荷物みたいにぽいって置《お》いてくるのは、気が引けるみたいだ。

ぼくと父さんはうちでご飯を食べた。メニューは、父さん特製《とくせい》チャーハン。コショウがぴりっと効《き》いてて、おいしいんだ。

父さんは絶望的《ぜつぼうてき》なまでに不器用《ぶきよう》だけど、チャーハンだけはむちゃくちゃおいしく作れる。台所が汚《よご》れるし味付《あじつ》けが濃《こ》いからって、母さんには嫌《いや》がられてるから、これは父さんとぼくふたりのときだけの特別《とくべつ》メニューだ。

午後、母さんが帰ってくるとき、仁菜を連《つ》れてきた。それからぼくたちは、仁菜を交えて、初《はじ》めての家族会議《かぞくかいぎ》をおこなった。テーブルの上には、母さんがばあちゃんちからもらってきた豆入りの焼《や》き菓子《がし》が並《なら》んでいたけれど、だれも手をのばそうとはしなかった。

「ニケはもう、長くないみたいだ」

最初《さいしょ》に口を開いたのは父さんだった。

「猫伝染性腹膜炎《ねこでんせんせいふくまくえん》っていう病気になっていることが、検査《けんさ》の結果《けっか》ほぼ確実《かくじつ》らしい。この病気になると、ニケくらいの大きさの子は体力がないから、あんまり長くは生きられないんだそうだ。現《げん》に昨日《きのう》もほとんどご飯《はん》を食べられていないし、おとといお腹《なか》の水を抜《ぬ》いたのに今日にはもうたまってきている」

父さんの言うとおり、ニケのお腹はもうほとんどもとどおりのぽんぽんに戻《もど》っていた。

あれだけお水がたまっていたら、やっぱり苦しいんだろうな。

「いまはお腹《なか》にたまっているだけだけど、胸《むね》に水がたまった場合は、息をするのも苦しくなる。水の中でおぼれているみたいな苦しさらしい」

説明《せつめい》を聞くうちに、ぼくもおぼれたみたいに息が苦しくなってきた。プールで、息継《いきつ》ぎがうまくできなかったときのことを思い出す。普通《ふつう》に息をしているはずなのに水の中にいるみたいに苦しいって、本当につらいんだろうな。

「わたしもおばさんに、この病気について聞いてみた。おばさんも、診断《しんだん》が正しいなら、助かる見込《みこ》みはほぼないって言ってた。ほんとに……運が悪かったねって……」

仁菜の声がだんだん涙《なみだ》まじりになってくる。

みんなが持っているようななんでもないウイルスが、突然《とつぜん》悪者に変《か》わっちゃう病気。確《たし》かに、運が悪いといえばそうなんだろうけど、でもなんでニケが、って思わずにはいられない。

「お薬を使って、ちょっとは命をのばせても、もって数日だって。それにその間、ずっと苦しい思いが続《つづ》くなら……安楽死っていう選択肢《せんたくし》も、あるみたい」

母さんはすごく言いづらそうにその言葉を口にしたけれど、もう泣《な》いてはいなかった。全員目ははれぼったかったけれど。

「病院に連《つ》れていけば、してもらえるんだって。深く眠《ねむ》らせた後に、心臓《しんぞう》を止めるお薬を注射《ちゅうしゃ》するから、苦しくないんだって……」

ぼくは顔を上げられなかった。テーブルの、いつもは全然《ぜんぜん》気になったことのない木の模様《もよう》をじっと見つめる。目を大きく見開いてないと、涙《なみだ》が落ちてしまいそうだった。

「仁菜ちゃんと、玄太は、どう思う？　すごく難《むずか》しいだろうけど、ニケを拾ってきたのはふたりだから、意見を聞きたい」

父さんの視線《しせん》を感じる。

楓《かえで》さんに会い、ぼくたちは、ニケの命に責任《せきにん》を持つって約束《やくそく》した。でもそれが、こんな形で終わろうとするなんて、あのときは想像《そうぞう》もしていなかった。

父さんがぼくたちを子《こ》ども扱《あつか》いせず、意見を聞いてくれるのはうれしい。でも、どうしたらいいかなんて、どんな答えを出せばいいかなんて、全然《ぜんぜん》わからないんだ。

答えなんて見えてくるはずないのに、ぼくはやっぱり木目をじっと見つめていた。

沈黙《ちんもく》を破《やぶ》ったのは、仁菜だった。

「私《わたし》は、もうニケが助からないのなら、楽にしてあげたい」

もう涙《なみだ》まじりなんかじゃなかった。はっきりとした、いつもの仁菜のまっすぐな声だった。

「しょうがないとは、思えないけど……もう元気なニケに戻《もど》れないなら、なるべく苦しい時間は短いほうがいいと思う」

ぼくは素直《すなお》に、仁菜すごいな、と思った。ぼくはまだニケの病気を受け入れられていないのに、仁菜ははっきりと自分の意見を言えるんだ。

ふだんはかんしゃくを起こしたり、周《まわ》りのことを考えずに発言したり、勝手だなって思うこともあるけど、こういうときの仁菜の、意見をちゃんと言えるところは素直に尊敬《そんけい》する。

「玄太はどう思う?」

「ぼくは……」

父さんに聞かれ、ぼくはやっぱり言葉につまった。じゃあぼくも、なんてかんたんに言えるわけがない。ニケにとってなにがいちばんいいことなのか、本当にわからないんだ。ニケがしんどいよ、もうやだよ、って言うなら、ぼくも決断《けつだん》できるのかもしれないけど。

「わかんない」

情《なさ》けなさすぎるぼくの答えを、だれも責《せ》めなかった。ニケの呼吸《こきゅう》の音が聞こえそうなほどの沈黙《ちんもく》。

「……お母さんは、反対」

次にその沈黙を破《やぶ》ったのは、母さんだった。

「もしかしたら、お薬が効《き》くかもしれないし……もう少し待ってみてもいいんじゃないかって思う」

「確《たし》かに、そういう考えもあるね。これから薬が効いて、ちょっとでもニケが楽になるのなら、それもいいかもしれない」

父さんがうなずく。そういう意見を聞くと、確かにそれもそうかもって思えてきてしまう。結果《けっか》が出たのが、つい昨日《きのう》なんだ。そんなに早く決断《けつだん》しなくてもいいのかも。

「でもそれだったら、明日《あした》はいいけど、あさっては？　もしみんながいない間にニケが苦しんでても、だれも助けてあげられないんじゃない？」

反対したのは、仁菜だった。

「確《たし》かに、月曜は私《わたし》もパートだし、昼間はうちにだれもいなくなるわね」

「ニケがひとりぼっちで死んじゃうのは、嫌《いや》だ」

仁菜がぐっと唇《くちびる》を嚙《か》んだのがわかった。顔がぱっと赤くなる。感情《かんじょう》をこらえているときの仁菜は、こういう顔をする。

そうだ、仁菜だって、平気で安楽死を選《えら》ぼうとしているわけなんてない。仁菜だって苦しんで、悩《なや》んで、その答えを迷《まよ》いながら出しただけなんだ。

「どっちの意見も、わかるけどなあ」

父さんは女同士《おんなどうし》の意見が割《わ》れたことで、困《こま》っているみたいだった。ここでぼくがビシッと意見を言ったなら、どちらかに決まるのかもしれない。ビシッと言えるような意見なんてないくせに、そう思っていたときのことだった。

ガタッと、ニケのケージから、音がした。

「ニケ！」

すぐに駆《か》けよったのは仁菜。見ると、ニケがケージの中で苦しそうにもがいていた。足をバタつかせ、口をパクパクさせながら呼吸《こきゅう》している。お腹《なか》も、そのたびにへこへこと動いた。

「どうしよう、ニケが苦しそう！」

「病院、病院は？」

「いまお昼休みだわ！　午後は四時からだけど……」

「四時までは診《み》てもらえないのか」

母さんはバタバタと診察券《しんさつけん》を探《さが》しに走り、父さんは動物病院を調べるためにスマホをいじった。仁菜は苦しそうなニケをそっとケージから出し、ブランケットにくるんで抱《だ》っこした。

ニケは本当に苦しそうだった。いつも濃《こ》いピンク色をしている鼻先が、今日はなんだか真っ白い。口を大きく開けて、まるで水の中にいるみたいだ。

もしかして、さっき父さんが言ってたやつになっちゃったんだろうか。ぼくたちと同じ場所にいるのに、こんなに空気はいっぱいあるのに、ニケだけおぼれているみたいに苦しいっていうやつ。

「そういえば、あの病院、お昼休みも電話すれば診《み》てもらえるよ！　クウちゃんが骨折《ほねお》れたときもお昼休みだったもん」

「あった、電話番号！　そうか、とにかく車に乗って、病院に向かおう」

スマホで検索《けんさく》していた父さんと、昔のことを思い出した仁菜が声をあげたのは、ほぼ同時だった。

「キャリーに入れる？」

「そのままで、とにかく急ごう！」

仁菜がニケを抱《だ》っこしたまま、車のキーをつかんだ父さんと玄関《げんかん》へ向かう。母さんは戸《と》棚《だな》の引き出しを開けて、いざというときのためのお金が入った封筒《ふうとう》をつかんだ。

ぼくは、ずっと動けないでいた。苦しそうなニケを見て、どうしていいかわからず、ずっと立《た》ち尽《つ》くしたまま。

怖《こわ》かったんだ。口を大きく開けたニケが、いまにも死んでしまうんじゃないかって思ったら、怖くて怖くてしかたがなかった。苦しそうに口を開けるニケを見ていたら、ぼくまで喉《のど》の奥《おく》がきゅっとしまったみたいに苦しくなってきて、パニック寸前《すんぜん》だった。

部屋を出ていこうとした母さんが、ぼくに気づいて振《ふ》り返《かえ》る。パッと右手を出した。

「行こう」

ぼくを落ち着かせようと思ったのか、母さんは無理《むり》やり笑顔《えがお》を浮《う》かべた。でも目はもう涙《なみだ》ぐんで真っ赤になっていたせいで、不器用《ぶきよう》な泣《な》き笑《わら》いの変《へん》な顔にしかなっていなかった。

「うん」

ぼくはうなずいて、気がついたらこぼれ落ちていた涙をぐいっとぬぐい、母さんの手をにぎった。


行きの車から母さんが病院に電話をしたら、時間外でも緊急《きんきゅう》の場合は診《み》てもらえるようで、着いたら先生が出迎《でむか》えてくれた。先生は呼吸《こきゅう》が苦しそうなニケを見ると、すぐに酸素《さんそ》をかがせます、と言って、ニケを抱《だ》いて診察室《しんさつしつ》の奥《おく》に消えていった。

ぼくたちはだれもいない、電気のついていていない待合室で先生を待った。

「本当は、ニケ、兄弟がいたの」

空調もついていないのか、怖《こわ》いくらい静《しず》かな待合室で、窓《まど》から射《さ》しこむ日差《ひざ》しを浴《あ》びながら、ポツリと仁菜はそう言った。

「ニケが捨《す》てられてるのに気づいたの、本当はげんちゃんのうちに連《つ》れていった日じゃないの。もっと前から、気づいてた」

「ニケ以外《いがい》にも、何匹《なんびき》かいたのね」

「うん……全部で三匹いた。うちじゃ飼《か》えないってわかってたから連れて帰れなかったけど、どうしても気になって、毎日見に行ってたの。最初《さいしょ》のうちは、親猫《おやねこ》が来るかもしれないって思って触《さわ》らなかった。でもそのうちに鳴き声がか細くなって……牛乳《ぎゅうにゅう》あっためてこっそり持っていったりしたけど、お皿からは飲めないみたいで、どうしたらいいかわからなくて……夜すごく寒くなった次の日見に行ったら、二匹死んじゃってた。その子たちはこっそり公園に埋《う》めたけど、残《のこ》った子だけはどうしても助けたかった」

だれもなにも言わなかった。ぼくは必死《ひっし》に、泣《な》かないように喉《のど》の奥《おく》にぐっと力を入れた。

仁菜はなんの考えもなしにぼくの家にニケを持って現《あらわ》れたわけじゃなかったんだ。どうしようもなくなって、せめて最後《さいご》の一匹《ぴき》は助けたい、その一心で、ぼくを頼《たよ》ってきてくれていたんだ。

不意《ふい》に、ニケを入れた段《だん》ボール箱《ばこ》を持っていた仁菜の爪《つめ》が泥《どろ》だらけだったことを思い出した。仁菜はどんな気持ちで兄弟を埋《う》め、どんな覚悟《かくご》でぼくの前に現れたのだろう。

「ニケ、ひとりぼっちになって、怖《こわ》かっただろうな、寂《さび》しかっただろうなって、思うの。だから死ぬときは、絶対《ぜったい》ひとりで苦しい思い、させたくない」

「仁菜ちゃん……」

母さんが仁菜の肩《かた》をぐっと抱《だ》きしめた。仁菜が安楽死を推《お》したのには、ちゃんと理由があったんだ。

「立石《たていし》さん、お待たせしました」

先生が待合室に現れたのは、そのときだった。診察室《しんさつしつ》じゃなくて、いつもと違《ちが》う部屋に通される。金属《きんぞく》でできたケージが並《なら》んでいる。端《はし》っこのケージにはやたら大きな目をしたチワワがぷるぷると震《ふる》えていた。どうやら入院室みたいだ。

「ニケ！」

ニケは、いちばん奥《おく》の上の段《だん》の、プラスチック製《せい》の扉《とびら》がついたケージに入れられていた。前足はぐるぐる巻《ま》きにされ、その先に細いチューブがつながっている。口は開いたままだったけれど、さっきより少しは楽そうだった。

「この部屋は酸素室《さんそしつ》です。外よりも濃《こ》い酸素で満《み》たされているので、少しは呼吸《こきゅう》が楽になるはずです」

「そっか、よかった……」

先生が扉についた機械《きかい》をさしながら説明《せつめい》してくれた。温度とか、パーセントとか、確《たし》かにいろいろと数字が表示《ひょうじ》されている。

「ただ、この部屋から出ると、もとのように呼吸が苦しくなるでしょう。いま体の水を外に出すお薬を打ちましたが、水が抜《ぬ》けたところですぐにたまってもとに戻《もど》ってしまうはずです」

「じゃあ、ニケはもうこのままここにいるしかないってことですか？」

「そうですね……退院《たいいん》するのは、正直言ってかなり難《むずか》しいと思います」

「ニケ……」

いいかげんぼくにも、わかった。

ニケにいよいよ、死が近づいていること。苦しいよ、助けてよって、言ってること。

「選択肢《せんたくし》としては三つです。ひとつめはこのままここに入院させる。病院が開いている時間内でしたら、いつでも面会していただいて結構《けっこう》です。ただし夜間は人がいなくなります。夜のうちに亡《な》くなる可能性《かのうせい》もあります。ふたつめは、おうちに連《つ》れて帰って、面倒《めんどう》を見てあげる。ただ酸素《さんそ》がない状況《じょうきょう》では、正直長くは持たないと思います。酸素室を借《か》りる、という手もありますが、いまからレンタル業者に手続《てつづ》きをしても、家に酸素室が設置《せっち》できるのは早くて火曜日になるでしょう。正直そこまでニケちゃんの体力が持つかはわかりません。最後《さいご》、三つめは……」

先生はぼくと仁菜のほうをちらっと見て、言《い》い淀《よど》んだ。

「安楽死ですね。お電話で聞いて、この子たちとも話し合いました」

続《つづ》きを言ったのは、父さんだった。

「先生の目から見て、回復《かいふく》する見込《みこ》みはありそうですか」

「正直、厳《きび》しいですね……。ただ水がたまっているなら抜《ぬ》けば少しは楽になりますが、そもそも水がたまっている原因《げんいん》が、FIP《エフアイピー》という治療法《ちりょうほう》のない病気になります。その病気を治《なお》せない以上《いじょう》、ここからニケちゃんが回復する可能性《かのうせい》はかなり低《ひく》いです。入院しても、今日明日、ニケちゃんの体力がなくなったときが、最期《さいご》かと……」

「そうですか」

父さんはじっとニケを見て、それからぼくたちをゆっくりと見回した。

「いいね？」

父さんの問いかけに、声もなく涙《なみだ》を流していた母さんが、何度も何度もうなずいた。仁菜も目に涙をためたままうなずく。

ぼくは、ぎゅっと父さんのズボンをにぎった。父さんたちは、もうニケの安楽死を覚悟《かくご》しているんだ。

この状況《じょうきょう》になっても、ぼくはまだ迷《まよ》っていた。なにがニケにとって一番なのか。苦しさから楽にしてあげるのをニケは望《のぞ》んでいるんだろうか。

父さんはぼくがズボンをにぎったのを了解《りょうかい》したと受け取ったのか、先生に向かって頭を下げた。

「安楽死、お願《ねが》いできますか。これ以上《いじょう》この小さい体に、苦しい思いはさせたくないんです」

「わかりました。ではいまから、お薬を入れます。……立ち会われますか?」

だれもなにも言えないでいると、仁菜がふたたび首を縦《たて》に振《ふ》った。

「用意をしますので、最後《さいご》のお別《わか》れをしてください。中から出してもらっても結構《けっこう》ですよ」

先生はそう言うと、入院室を出ていった。

出してもいい、と言われたけれど、出したらまたニケが苦しくなるんじゃないか、そう思って、扉《とびら》をちょっとだけ開け、手を入れてなでるだけにした。順番《じゅんばん》に、ニケにお別れを告《つ》げる。

ぼくも最後に、そっとニケの背中《せなか》をなでた。ニケの体はやっぱり熱《あつ》かった。苦しそうな呼吸《こきゅう》が伝《つた》わってくる。あんなにやわらかくてふわふわで、ぬいぐるみみたいに気持ちよかった毛並《けな》みが、長い間毛づくろいをしていなかったせいか、がさがさでべとべとになってしまっている。それが悲しくてしかたがなかった。

あんなにきれい好《ず》きで、ひまになると毛づくろいをしていたニケ。うっかり台所のシンクに入ってしまい、足《あし》の裏《うら》に水がついたときは、びっくりして飛《と》びでた後、ずっとなめ続《つづ》けていたっけ。ご飯《はん》を食べた後も、トイレに行った後も、寝《ね》る前も、必《かなら》ず毛づくろいをしていた。

それなのに、いまはあのふかふかの面影《おもかげ》もないなんて。

先生は注射器《ちゅうしゃき》を二本持って、入院室に戻《もど》ってきた。透明《とうめい》な液体《えきたい》と、真っ黄色の液体がそれぞれ吸《す》ってある。

「こっちが、麻酔薬《ますいやく》です。痛《いた》くないようにしっかり眠《ねむ》らせます。これが効《き》いている間に、このお薬を入れて、心臓《しんぞう》を止めます」

最初《さいしょ》が透明、次が黄色だった。

先生はそっとニケを抱《だ》っこしてケージから出すと、ケージの前にあった台の上にニケを横たわらせた。

「じゃあ、寝かせていきますね」

ニケの前足の先からのびたチューブに、注射器《ちゅうしゃき》をくっつける。

先生が注射器を押《お》せば、ニケの命は終わってしまう。

この、べたべたの毛並《けな》みのまま？

「待って！」

気がついたら、そう言って先生の腕《うで》をつかんでいた。

先生が驚《おどろ》いて、手を止める。たぶんまだ液体《えきたい》はニケの体には入っていない。

「待って、待って」

「玄太」

「ぼく、やっぱりやだよ！　このままじゃ嫌《いや》だ！」

なおもすがるぼくを、父さんが後ろからそっと止めた。先生は、なにも言わずにそっと注射器をニケの足の先のチューブから外し、チューブのふたを閉《し》めた。

「玄太は、安楽死に反対なのか？」

「よくわかんないけど……こんな毛並みのまま、ニケを死なせたくない」

正直、ぼくには安楽死をしたほうがいいのかなんて、やっぱりまだわからなかった。でも、あんなにきれい好《ず》きだったニケを、この毛並《けな》みで見送るのは嫌《いや》なんだ。

「ピカピカの、ふわふわにしてから見送りたいんだ……ニケ、きれい好きだったから、このままの体じゃ、天国に行っても悲しむと思うんだ」

ニケの体にそっと触《ふ》れる。

タオルでふいたら、くしで一生懸命《いっしょうけんめい》とかしたら、きっと自分で毛づくろいしたみたいにふわふわになるはず。それからでも、いいんじゃないの？

母さんがついにこらえきれなくなり、後ろを向いて泣《な》き始《はじ》めた。仁菜はなにも言わない。

父さんは、じっと考えた後、短いため息をつき、ぼくの頭をぽんっとたたいた。それから先生に向き直る。

「いまこの状態《じょうたい》で連《つ》れ帰《かえ》ったら、ニケはどのくらい生きるでしょうか」

「なんとも言えませんが、今夜が山にはなると思います」

「その……苦しみますか」

「……連れて帰るんでしたら、できる限《かぎ》り苦しくないようなお薬を打ちます。なるべく体の水を抜《ぬ》いて、呼吸《こきゅう》を楽にして、痛《いた》みを取る薬を入れます」

「そうですか」

酸素室《さんそしつ》から出て横たわるニケは、先生が処置《しょち》してくれたからか、病院に来たときほど呼吸は荒《あら》くなかった。

「どうかな、仁菜ちゃん。今夜はみんなで、ニケといっしょに過《す》ごすっていうのは。明日《あした》は日曜日だし、みんなで夜更《よふ》かしをしよう。そしたらニケは、ひとりぼっちにはならないよ」

父さんの声も涙《なみだ》で震《ふる》えていた。仁菜も、泣《な》きじゃくりながらうなずいた。

先生はもう何本かニケに注射《ちゅうしゃ》を打ってくれた後、ニケの足からチューブを外した。そしてぼくたちは、ニケを連れてまた家に帰ってきた。

ぼくと仁菜は、タオルやらくしやら、クウちゃんのコームやら、クウちゃんが骨折《こっせつ》中《ちゅう》に使っていた水を使わないシャンプーまで使って、ニケの体をきれいにした。きれい好《ず》きだったニケが喜《よろこ》ぶように。安心して旅立てるように。元気だったころのようなふわふわにまでは戻《もど》らなかったけれど、べたべたはだいぶ取れた。

そうしているうちに、ニケはほんとのほんとに、今夜死んじゃうんだろうなって、ぼくは思った。だって、いつもはぽかぽか、湯たんぽみたいにあったかいニケの体が、今日はなんだかぬるいんだ。もしかしたら薬で熱が下がったから、そう感じるのかもしれないけど。

ニケ、本当はもっと生きたかっただろうなあ。おいしいものいっぱい食べて、いっぱい走り回って、いっぱい遊んで……。ニケの一生には、たぶん悩《なや》んだりためらったり立ち止まったり、そんなひまなんてなかったに違《ちが》いない。ニケはいつだって全力疾走《ぜんりょくしっそう》で生きていた。

ぼくたちは、ニケの分まできっと、一生懸命《いっしょうけんめい》に生きなきゃいけないんだろうな。

「仁菜、学校来なよ」

ニケをそっとなでていた仁菜の手が止まる。

「いつまでもぐずぐずしてたらさ、ニケに笑《わら》われちゃうよ。……ニケをうちに連《つ》れてきたずうずうしさがあれば、学校に来るのなんてわけないだろ」

びっくりするくらいのスピードで部屋を走り回るニケを思い出す。うっかりふんづけそうになるくらい体を低《ひく》くして、全速力で走るニケ。兄弟のなかで一匹《ぴき》だけ助かったニケ。堂々《どうどう》と生きた、ニケ。

生きてるって、それだけでキセキみたいなものなのかもしれない。だからこそ生きているぼくたちは、いつまでも立ち止まってちゃいけないんだ。

「……よけいなお世話だよ」

仁菜はそうつぶやくと、また優《やさ》しくニケの背中《せなか》をなでた。

先生の注射《ちゅうしゃ》が効《き》いたのか、ニケの呼吸《こきゅう》は落ち着いていた。お気に入りのベッドにきれいになったニケをそっと寝《ね》かせると、ニケがなんとなく緊張《きんちょう》を解《と》いて、リラックスしているような気がした。

ぼくたちがニケをきれいにしている間、父さんはずっと物置《ものおき》とリビングを行ったり来たりして、ガタガタと物音を立てていた。母さんは陽向をもう一泊《ぱく》ばあちゃんちに預《あず》けるため、着替《きが》えを持って出かけていたからいなかった。

振《ふ》り向《む》くと、父さんはリビングのど真ん中に、キャンプ用のテントを組み立てているところだった。

「なにしてるの？」

「なにって、テント。今夜はニケとキャンプするんだよ」

「キャンプ！」

こんなときだけど、キャンプって響《ひび》きにわくわくしちゃうのは、しょうがないよね。

仁菜は突然《とつぜん》のできごとにびっくりして目を丸くしてたけど、キャンプ自体初《はじ》めてだったみたいで、やっぱりちょっとわくわくしていた。

帰ってきた母さんも初めは驚《おどろ》いたけど、結局《けっきょく》「キャンプにはカレーよね」と言いだし、わざわざカセットコンロを出してリビングでカレーを作ってくれた。

カレーはお子様仕様で十分甘《あま》いはずなのに、なんでか涙《なみだ》がときどきポロリとこぼれた。母さんが間違《まちが》えて大人用の辛《から》いスパイスをぼくのお皿に入れちゃったせいだって、ぼくは自分に言《い》い訳《わけ》をしていた。

ぼくたちはずっとニケのそばにいた。みんなでカレーを食べ終わった夜の九時過《す》ぎ、ニケは小さな声でニャアと鳴いた。か細かったけれど、苦しそうではなかった。

ニケの体から少しずつ力が抜《ぬ》けていくのがわかった。最後《さいご》に大きくひとつ息を吸《す》うと、ニケは静《しず》かに力尽《ちからつ》きた。

最後の力を振《ふ》り絞《しぼ》って、ニケがみんなを呼《よ》んだんだって、わかった。

呼吸《こきゅう》の止まったニケの体をそっと触《さわ》ると、ふわふわで、まだほんのりあたたかかった。もう動かないのが信《しん》じられないくらい、ニケはいままでどおり、そこにいた。この体がこのまま だんだん冷《つめ》たくなって、かちんこちんに固《かた》まるなんて、まるで悪い冗談《じょうだん》みたいに思えた。

不思議《ふしぎ》と、涙《なみだ》は出なかった。ぼくは横たわるニケの最期《さいご》の姿《すがた》を、忘《わす》れないようにしっかり目に焼《や》きつけた。

うちに来てくれて、ありがとう。一生懸命《いっしょうけんめい》がんばってくれて、ありがとう。次また猫《ねこ》に生《う》まれ変《か》わったら、今度は化け猫になるくらい長生きするんだよ。

そうしてニケとぼくらの生活は、あっという間に終わりを告《つ》げた。

# おまけ

「おはよ、げんちゃん」

「おはよう」

朝の教室でぼくたちは自然《しぜん》に挨拶《あいさつ》を交《か》わした。そんなぼくたちを見ても、もうクラスメイトたちはなにも言わない。

ニケがいなくなってから、数か月が経《た》っていた。

仁菜《にな》はあの日を境《さかい》に、学校に来るようになった。はじめのうちは、うわさ好《ず》きの女子たちがちょっとざわついたりもしたけれど、そのうちみんな慣《な》れっこになってしまった。すぐに夏休みに入ったのも良かったのかもしれない。

意外なほどに、仁菜はすんなりとクラスになじんだ。クラスのみんなが仁菜を受け入れたのか、仁菜がクラスのみんなを受け入れたのか。とにかく仁菜は、ニケがいなくなってもひとりぼっちになることはなかった。

ぼくたちはあの後、ニケの体をもう一回きれいにしてから、ペットの火葬場《かそうば》に連《つ》れていった。プレゼントだかで、遺骨《いこつ》を入れられるキーホルダーをもらって、ニケの遺骨を入れた。ほんとは一個《こ》だけついてくるキーホルダーを、火葬場の人が気を利《き》かせて二個つけてくれて、ぼくと仁菜に一個ずつくれた。

ぼくはそのキーホルダーを家の鍵《かぎ》にくっつけて、いつでもポケットに入れている。キーホルダーはぼくにとってお守りのようなもので、たとえばちょっとだけ勇気《ゆうき》がほしいとき、そっとポケットに手を入れてぎゅっとそれをにぎるんだ。そうすると、不思議《ふしぎ》となんだってできるような気がしてくる。

仁菜がキーホルダーをどうしたかは知らないけれど、遺骨を少しだけ分けてもらい、ニケの兄弟が眠《ねむ》る公園にまきに行ったことは知っている。みんなといっしょに眠れるように、ニケがひとりで寂《さび》しくないように。

それからぼくは父さんと、ニケが使っていたトイレやケージをピカピカになるまで洗《あら》って、しっかりと天日干《てんぴぼ》しをした。いつになるかはわからないけれど、次のだれかがこれを使う日まで、取っておこうという話になったのだ。

コロナウイルスや、ニケの体をむしばんだ変異《へんい》ウイルスは、こうしてしっかり洗って、三か月くらい時間をおけばいなくなるだろう、と楓《かえで》さんが教えてくれた。

しかし、だからといって、すぐ次の子を探《さが》そうなんて気にはなれなかった。いつか縁《えん》があったら、くらいに考えていたんだ、あの日までは。

「モンちゃん、元気?」

「元気元気。家じゅう走り回ってるよ」

自分の席《せき》についてランドセルから教科書を取りだしていると、仁菜が寄《よ》ってきて話しかけてきた。

そう、数週間前に、楓さんに教えてもらって初《はじ》めて行った譲渡会《じょうとかい》で、ぼくはモンという猫《ねこ》と出会ってしまったんだ。

モンは白黒の猫《ねこ》で、もう生後半年は過《す》ぎた去勢済《きょせいず》みのオス猫だった。今度こそ本当に「二毛」だったわけだが、大きさはニケの二倍くらいあった。

ツヤツヤの毛並《けな》みの短毛で、体の大部分は黒かったが、足先に白いソックスをはいているのはニケと同じだった。鼻のちょっと上からあごにかけて、左右均等《さゆうきんとう》に三角形に白くなっていて、まるで顔の上半分を覆《おお》うマスクをしているような柄《がら》だった。猫用のお菓子《かし》のキャラクターネコみたいだね、と話していると、預《あず》かりボランティアさんから抱《だ》っこしてみないかと言われ、言われるがまま抱っこしたら最後《さいご》だった。

モンはぼくの首にしっかりと手を回し、はしっと抱きついてきたのだ。もう二度とひっついて離《はな》れないんじゃないかってくらいしっかり抱きついてくるので、ボランティアさんの話を聞いている間じゅう、ぼくはモンを抱《だ》っこし続《つづ》けることになった。

まずはトライアルを、と勧《すす》められ、家にモンがやってきたのはその一週間後。怖《こわ》がりもせず、長いしっぽをゆらゆらと左右に揺《ゆ》らしながらゆうゆうと家の中を歩き回るモンを見たとき、ぼくたち家族全員の心は、モンを引き取ることに決めていた。

でも、モンを引き取った理由は、それだけじゃないんだ。

「モカちゃんはどう？　クウちゃんと仲《なか》よくできてるの？」

「まあ、なんとかかね。モカは全然《ぜんぜん》気にしてないんだけど」

モンには、モカという妹がいた。モンよりも全体的《ぜんたいてき》に白っぽくて、鼻の横にちょびひげみたいに黒い色が入っている女の子。譲渡会《じょうとかい》でもふたりは仲よさそうにお互《たが》いを毛づくろいしていた。できれば二匹《ひき》とも引き取ってほしいというのが預《あず》かりボランティアさんの意向だったけれど、うちもさすがに二匹は難《むずか》しい。

悩《なや》んでいると、仁菜が自分のうちで飼《か》うと言いだしたのだ。それからトライアルまでの一週間、仁菜はひたすら雅《みやび》さんに交渉《こうしょう》し続《つづ》けた。すんなり、というわけにはいかなかったけれど、トライアルでクウちゃんとなんとかうまくやれそうだ、ということがわかったからか、最後《さいご》は雅さんも首を縦《たて》に振《ふ》った。

そして、モンはうちに、モカは仁菜の家にそれぞれ引き取られることが決まった。ひまがあると仁菜はうちにモカを連《つ》れてきて二匹で遊ばせている。

ときどき二匹《ひき》は、棚《たな》に置《お》かれた写真たての中のニケを、首をかしげて不思議《ふしぎ》そうに眺《なが》めている。でもすぐにどちらかがけしかけて追いかけっこが始まり、どこかへ走り去ってしまう。

モンとモカは、ニケを知らない。でもぼくたちがニケに出会わなければ、モンとモカに出会うこともなかっただろう。そう考えると、ニケのことが誇《ほこ》らしくなる。

ニケはぼくたちみんなをすっかり変《か》えてしまったんだ。たった三か月足らずの間で。

もうそろそろ、秋になる。ポケットの中で、キーホルダーがカチリと音を立てた。

片川優子

作家、獣医師。15歳の時に書いた『佐藤さん』で、第44回講談社児童文学新人賞佳作を受賞し、作家デビュー。一方で、麻布大学大学院獣医学研究科に進み、博士号を取得する。著書に『ジョナさん』『明日の朝、観覧車で』『ただいまラボ』（以上、講談社）「動物学科空手道部高田トモ！」シリーズ（双葉社）『わたしがここにいる理由』（岩崎書店）などがある。

# ぼくとニケ

2018年11月14日　第1刷発行
2019年 4 月 1 日　第2刷発行

著者――――――――片《かた》川《かわ》優《ゆう》子《こ》
発行者―――――――渡瀬昌彦
発行所―――――――株式会社講談社
〒112-8001
東京都文京区音羽2-12-21
電話
編集　03-5395-3535
販売　03-5395-3625
業務　03-5395-3615

印刷所―――――――株式会社精興社
製本所―――――――株式会社若林製本工場
本文データ制作――講談社デジタル製作

N.D.C. 913　222p　20cm　ISBN978-4-06-513512-9

© Yuko Katakawa 2018
Printed in Japan

落丁本・乱丁本は、購入書店名を明記のうえ、
小社業務あてにお送りください。
送料小社負担にておとりかえいたします。
なお、この本についてのお問い合わせは、
児童図書編集あてにお願いいたします。
定価はカバーに表示してあります。
本書のコピー、スキャン、デジタル化等の無断複製は
著作権法上での例外を除き禁じられています。
本書を代行業者等の第三者に依頼して
スキャンやデジタル化することは
たとえ個人や家庭内の利用でも著作権法違反です。